추억은 방울방울

| 그때 그 시절 우리들의 이야기 |

추억은 방울방울

우일환 지음

좋은땅

고향 의정부에서 아버지가 미군부대에 근무하는 카투사, 하우스보이 또는 미군병사와 계약동거 하는 양공주들이 PX에서 구입해 부대 밖으로 반출하는 미제 물건을 파는 소위 "양키 물건 장사"를 하신 덕분에 우리 집은 남부러울 것 없이 잘살았다.

그런데 아버지가 빚 보증을 잘못 서는 바람에 하루아침에 집과 전 재산을 빚쟁이에게 다 빼앗기고 서울 변두리에 있는 "해병대산"이라는 달동네에 방 하나에 부엌 하나짜리 보증금 일만 오천 원의 전세방을 얻어 여덟 식구가 이사 오게 되었다. 나는 달동네 국민학교에 전학하였다.

그때는 4학년까지 남녀학생이 한 반에서 공부했는데 내 짝인 아이는 양 갈래로 곱게 따은 머리에서는 향기가 나고 얼굴도 예쁘고 옷도 좋은 것만 입었는데 그 아이는 언제나 쌀쌀한 표정으로 나를 벌레 보듯 하였다.

그도 그럴 것이 내 머리는 기계충 때문에 "듬성듬성" 땜통이 나 있었고 누런 콧물은 "질질" 손등은 까마귀발처럼 새카맸으니 그때 나의 별명은 "까마귀 사촌"이었다.

아무튼 나도 성질이 나서 책상에 삼팔선을 그어 놓고 그 애의 팔꿈치라도 넘어오면 삼팔선을 침범했다고 공연히 시비를 걸어 싸우곤 했다. 그 애는 점심시간에는 그 당시 귀했던 일제 보온 도시락에 팥이 듬성듬성 박힌 하얀 쌀밥에 반찬은 커다랗고 빨간 소세지 부침에 장조림 계란후라이에 목장우유도 대놓고 먹었다.

그에 비해 나는 양은 벤또에 쌀보다 납작보리가 더 많은 혼합곡 보리밥에 반찬은 일 년 열두 달 김치만 싸 갔다.

그 애는 방과후에 집으로 대학교에 다니는 과외선생님이 와서 과외도 하고 피아노도 배운다고 자랑하였다. 나는 집에 와서 숙제라든가 공부는 해 본 적이 없고 주로 '제기차기' '다마치기' '딱지따먹기' 혹은 코흘리개 아이들을 상대로 이찌, 니, 쌈 하는 '쌈치기'나 '홀짝' 등의 재테크를 해서 푼돈을 따면 만화가게 겸 유료 TV 시청극장으로 달려가서 만화책이나 수호지, 정협지 또는 「황룡 18장」 같은 무협소설을 보다가 테레비 방송시간에는 「황금박쥐」, 「요괴인간」 또는 백만 마력의 추진력을 가진 「우주소년아톰」 같은 만화영화나 「게리슨유격대」, 「제5전선」, 「해병특공 원산공작조」, 「더 캠벨」 같은 첩보전쟁영화 또는 서부영화 「보난자」, 「OK목장의 결투」, 「쎄인」을 보고 언제나 후줄그레한 바바리코트만 입고 다니지만 귀신 같은 추리력으로 범인을 체포하는 「형사콜롬보」 같은 미드를 애국가가 나올 때까지 보다가 잤으니 내 짝과 나의 처지는 왕자와 공주가 아니라 공주와 상거지 신세였다. 그래도 내가 자신 있는 것이 한 가지 있었는데 그것은 매일 보는 쪽지시험이었다.

나는 10분 정도면 답을 다 쓰고 낙서를 하거나 만화그림을 그리면서 놀고 있었는데 그 애는 시험시간만 되면 무슨 고민이 있는 것처럼 예쁜 얼굴을 찡그리고 심지어 오만하고 도도한 표정은 어디로 가고 내 눈치를 살피며 호수같이 맑고 아름다운 눈동자에 눈물마저 글썽이면서 시험시간이 거의 끝나갈 때까지 답을 못 적었다. 사실 내가 이렇게 시험을 빨리 볼 수 있었던 것은 비밀리에 수련해 자유자재로 구사할 수 있는 경지에까지 도달한 가공할 위력의 속독신공과 암기신공 때문이었다.

그것을 연마하게 된 계기는 순전히 '돈' 때문이었다. 그 당시 나는 금남시장에서 옥수동으로 가는 길에 있는 반지하 만화가게를 주로 갔는데 그 가게에 단골이 된 이유는 다른 만화책방에서는 1원에 한 권만 볼 수 있었는데 거기서는 1원에 두 권 조금 오래된 만화는 세 권씩 볼 수 있었다.

그때 나의 하루 용돈은 고작 10원(지금 돈 2,000원) 정도였는데 시장에서 장사를 하거나 날품팔이를 해서 8식구의 생계비 벌기에도 빠듯한 부모님이 주신 적은 없고 내 스스로 벌었어야 했다.

그 방법은 코흘리개 꼬마들을 상대로 쌈치기나 홀짝 등 재테크를 하거나 또는 엄마가 20원짜리 삼표연탄을 사 오라고 심부름을 시키면 그보다 저렴한 칠표나 삼천리 연탄을 사고 중간에서 3~4원 정도 '삥땅' 치는 방법 혹은 단짝친구인 제근이와 왕십리 광무극장 뒤에 있는 센방이나 로꾸로공장에 가서 '기레빠시'를 뒤져 '신쮸'나 '구리' 등을 주워서 팔아 5~6원 등 총 10원가량을 벌어 그중 3원은 유료 TV 시청료로 내고 군것질을 하고 나면 만화를 볼 수 있는 돈은 얼마 되지 않았다.

그래서 궁리 끝에 생각해 낸 것이 만화를 고르는 척하면서 주인아저씨 몰래 서서 만화를 보는 방법이었다. 처음에는 한 권 보는 데 10분 정도 걸리던 것이 초식을 펼칠수록 점점 빨라져 속독 신공의 완성 단계에 이르자 급기야 세 권 보는 데 1분밖에 안 걸리는 가공할 초절정의 고수가 되었고 자연히 나의 뇌도 슈퍼컴퓨터를 장착한 듯 스캔한 모든 만화를 저장하는 암기신공도 완성되었다. 잠시 상념에 빠져 있는 사이 시험시간도 끝나고 내 짝도 어느새 답을 다 쓰고 시험지를 제출하였다. 불과 2~3분밖에 안 된 짧은 시간에 답을 다 쓴 게 왠지 이상한 생각이 들었다.

나는 속으로 내 짝을 얼굴만 예뻤지 공부는 못한다고 은근히 깔봤는데 자세히 보니 나름 영리한 면도 있고 음악시간에는 노래도 잘 부르고 풍금도 잘 쳤다. 그림도 잘 그리는 편이었고 운동신경도 뛰어나 체육 특히 피구를 잘하였다. 내 짝이 상대팀이 던진 공을 허공에서 그대로 낚아 채는 것과 동시에 상대팀을 향해 직구 변화구 등 '마구'로 슈팅할 때면 나는 내 짝이 평범한 속세인이 아니라 중원의 무량대수 거부인 진대인의 외동딸이자 황금 수백만 관(지금 가치로 따지면 수천조 원)의 상속녀이고 무림 사대문파 중의 하나인 아미파의 장문인 여걸 진초량의 후계자가 아닐까? 하는 생각이 들었다.

　내가 만일 내 짝과 결혼한다면 황금 수백만 관은 내 것이 될 것이고 또 그녀와 하와이 아니 아폴로 로켓트를 타고 달나라로 신혼여행을 갔다 와서 저 푸른 초원 위에 그림 같은 집을 짓고 사랑하는~ 우리 님과 꿍따라라~ 꿍따라라~~~ 매일같이 커다랗고 빨간 진주햄 쏘세지 부침에, 소고기장조림, 계란후라이 반찬으로 아끼바리 쌀밥을 먹으면 나의 우수한 두뇌와 그녀의 뛰어난 신체 능력을 이어받은 문무를 겸비한 진정한 무림의 절대지존이 탄생할 거라고 엉뚱한 상상을 하고 있을 때 "번쩍" "쾅" 하고 벼락이 떨어졌다.

나는 평소에도 소림외문의 비급무공인 '금강불괴'로 전신을 강철처럼 단련했지만 갑작스러운 기습에는 속수무책이었다. '가물가물' 흐려지는 의식을 부여잡고 급히 단전에 '기'를 모아 용천혈부터 백회혈까지 운기조식 하여 정신을 차리고 주위를 둘러봤더니 '으잉 이럴 수가….' 그것은 내 짝이 내공외공의 '기'를 모아 슈팅한 볼을 상대팀이 살짝 피하는 바람에 나의 '좌측안와부' 다시 말해 '왼쪽눈탱이'에 그대로 작렬한 것이었다. 나는 쪽팔리고 분한 마음에 일전을 불사할까 하고 생각도 했지만 솔직히 무공도 내가 딸릴 것 같고 혹시 내 짝이 사과의 뜻으로 커다랗고 빨간 진주햄 소세지 부침이라도 몇 개 줄까 하고 참았지만 오히려 내 짝은 "깔깔깔 바보야 그것도 못 피해!" 하면서 나를 조롱했다.

　나는 속으로 언젠가는 복수하리라 다짐했는데 그러나 복수의 시간은 의외로 빨리 찾아왔다. 그래도 그날은 제근이가 그동안 모아 두었던 '신쮸'를 내다 팔아 오랜만에 목돈을 만진 덕분에 한턱낸다고 해서 기분이 풀어졌다. 그 당시 우리 학교는 학생수가 무려 만 명이 넘었고 항상 교실이 부족해 5, 6학년 형이나 누나들도 2부제 수업을 했고 3, 4학년은 3부제, 1, 2학년 동생들은 복도나 심지어 등나무를 심어 논 쉼터 그늘에서 수업을 할 정도였다. 그러니 등하교가 겹치는 시간대의 학교 앞에는 아이들의 코 묻은 돈을 노리는 불량식품 장사들로 그야말로 '파시'를 방불케 하는 커다란 장이 섰다.

비록 하루 벌이의 노점상들이었지만 법도 질서도 없는 '아사리'판이 아니라 그곳에도 나름의 위계질서가 있었고 각자의 '나와바리'가 있어서 학교 정문 앞 목이 제일 좋은 앞자리는 '다구리'가 제일 쎈 뻔데기장사 차지였다. 사실이 번데기라는 것이 보기에는 작고 볼품없이 생겼지만 아주 맛있고 영양가 많은 것이었고 먹는 것이라고는 소위 '뚝섬갈비'라고 불리던 푸성귀뿐인 나로서는 싼 값에 단백질을 섭취할 수 있는 유일한 간식이었다.

드디어 복수의 날이 밝아 왔다! 그날도 나는 평소처럼 경천동지할 암기신공으로 시험을 일찍 끝내고 어제 논골 시장에 있는 만화책방에서 속독신공의 가공할 위력으로 무료로 구독한 만화 수백 권 중 이근철 만화가의 『그 다리를 끊어라』라는 만화의 그림을 그려 놓고 공상에 빠져 연합군 총사령관 몽고메리 원수의 특명으로 라인강의 다리를 폭파하기 위해 낙하산을 타고 고공 침투한 나는 기관단총으로 독일군 수십 명을 사살하고 다시 오른쪽으로 몰려오는 히틀러의 나치친위대 게쉬타포를 사살하려고 오른쪽으로 몸을 돌렸는데 "아니! 이럴 수가…." 내 짝이 시험지를 커닝하고 있는 게 아닌가! 나는 너무 황당하고 그동안 내 짝이 나에게 한 언행이 괘씸한 생각이 들어 그대로 시험지를 덮어 버리고 선생님께 이르려고 "저 선생님…." 하고 손을 드는데 내 짝이 내 입을 막는다는 것이 그만 내 얼굴을 할퀴었다. 나도 성질이 나서 그대로 내 짝을 받아 버렸더니 코피가 "주르륵" 흘러나왔다. 그다음은 그야말로 치고 받고 뒤엉켜 난투극이 벌어져 결국은 선생님께 불려 나가 손바닥 10대씩을 맞고 왜 싸우냐는 물음에 차마 내 짝이 커닝했다고는 말을 못하고 38선에서 일어난 사소한 군사적인 충돌이 전면전으로 확대됐다고 말씀드렸더니 선생님이 화를 내시며 "야 너희들 책상에 있는 38선 전부 지워라." 하셨지만 그것은 선생님이 국제정세를 모르는 말씀이라는 생각이 들었다. 왜냐면 우리들은 이미 38선을 연필로 그린 것이 아니라 칼로 새겼기 때문이었다.

자리로 돌아온 내 짝은 친구들 앞에서 망신을 당하고 또 생전 처음 손바닥을 10대나 맞은 충격에 책상에 머리를 박고 흐느껴 울었지만 나는 평소에도 숙제를 안 해 매일 손바닥을 맞아서 굳은살이 배길 정도여서 조금 화끈거릴 뿐이었고 또 내 짝이 우는 걸 보니 정말 통쾌하고 고소한 깨소금맛이었다. 한참 울던 내 짝이 고개를 들어 원망의 눈빛으로 나를 바라봤는데 그 가운데도 무언가 결이 다른 눈빛이 스쳐 지나갔지만 그 눈빛이 무얼 말하는지 나는 알 수 없었다.

그 후로 나는 내 짝이 맛있는 반찬이나 하다못해 우유라도 조금씩 나눠 주면서 화해를 요청하면 평화회담을 받아드릴 용의가 있었지만 내 짝은 반찬이나 우유를 반도 못 먹고 남기면서 나보고는 빈말이라도 먹어 보라는 말 한마디 하지 않았다.

나는 어쩐지 아니꼽고 치사한 생각이 들어 책가방으로 38선을 원천봉쇄하고 1학기가 끝날 때까지 내 짝과 원수처럼 싸웠다. 그렇게 1학기가 끝나고 드디어 2학기가 되어 그 애와 난 시원섭섭하게 이별 아닌 이별을 하고 자리를 옮겼는데 새로 간 자리는 선생님 앞에서 두 번째 자리였다. 그곳에 있는 친구들은 금호동에서 부잣집동네 애들이었다. 그 애들은 나를 마치 거지 보듯이 노골적으로 경멸의 시선을 보냈고 특히 새로 내 짝이 된 여자애는 얼굴을 찡그리고 말을 한마디도 하지 않았다.

그 당시 금호동은 학교 앞 도로에서 현대극장 앞 사거리까지 그리고 로타리 부근까지 비교적 잘사는 동네와 관음사

절을 지나 왼쪽으로는 해병통신대가 주둔하는 해병대산 아래부터 금남시장을 지나 응봉동까지 오른쪽으로는 드라마 「야인시대」에서 깡패두목 이정재가 상이용사들에게 혼나는 장면의 실제 무대인 '정양원'이 있던 매봉산을 넘어 한남동 외인아파트 턱밑까지 전국 최대 규모의 거대한 달동네가 있었다.

우리 동네는 그곳에서도 제일 가난한 동네였다. 전기는 물론 수도도 없어 한 지게에 3원짜리 유료 수돗물을 금남시장이나 멀리 떨어진 약수동까지 가서 물지게로 길어다 먹는 형편이었고 문화시설이라고는 TV는 물론 라디오도 없어 한 달에 10원짜리 유선라디오인 스피커 방송이나 겨우 들었다. 그 스피커는 소리만 조절할 수 있고 방송국을 마음대로 바꿀 수 없어서 나는 라디오 프로 중에 「전설의고향」의 원조 격인 「전설따라 삼천리」를 좋아했는데 제일 재미있는 대목에서는 꼭 다른 방송으로 돌려 돈을 벌면 라디오부터 사야겠다고 생각했다. 전깃불도 없어서 석유남포를 켜고 살았는데 유리커버인 '호야'가 그을림으로 까매지면 깨끗이 닦는 게 내 임무였다….

그 부잣집 애들은 쉬는 시간에도 공부이야기를 하고 미국이 '어쩌구' 프랑스가 '저쩌구' 하는 이야기만 하고 자기들은

찍어먹기나 번데기 같은 불량식품은 안 먹고 목장우유나 삼
립크림빵 같은 우량식품만 먹는다고 자랑했지만 나는 속으
로 이 애들이야말로 불량식품의 진정한 맛을 모르는 따분한
친구들이라는 생각이 들었다.

옛날 친구들은 쉬는 시간에 쌈치기나 홀짝 또는 고누놀이
나 김일선수 하고 반칙왕 '압둘라' 선수가 프로레슬링시합
할 때 압둘라가 팬티 속에서 몰래 흉기를 꺼내 김일선수 이
마를 가격해 피가 흐르는 등 고전을 하다가 시합이 끝나갈
무렵 김일 선수가 박치기로 압둘라를 작살내서 통쾌했다는
이야기나 일본 심판이 돈 받고 반칙하는 걸 모르는 척 해서
압둘라보다 심판이 더 나쁘다는 등의 이야기를 하면서 김일
레슬링을 흉내 내며 놀았고 또 어제 TV에서 본 황금박쥐나
요괴인간 이야기를 했다.

여자애들은 공기놀이나 고무줄놀이, 오재미나 "쎄쎄쎄 가
을하늘 찬바람에 울고 가는 저기러기~~" 같은 노래를 하면
서 손뼉을 마주치며 놀았다. 방과후에는 신문지를 꼬깔처럼
뾰족하게 말은 봉지에 고봉으로 담은 2원짜리 번데기나 대
패로 깎아 이쑤시개에 꽂아 1원에 파는 생강엿이나 찍어먹
기, 달고나 또는 떡볶이를 사 먹고 1원에 두 개짜리 풀빵,
쫀데기나 비닐빨대에 들어 있는 새콤달콤한 물이 나오는 '아

폴로'도 사 먹었고 양철통에 물방개를 넣고 물방개가 헤엄쳐서 골인하는 대로 경품을 주는 '물방개놀이' 또는 '뺑뺑이'나 주사위로 하는 '오곱' 등 도박도 즐겼다.

나는 새로 간 자리가 어색하고 또 그 친구들이 나를 무시하는 게 눈물이 날 정도로 서러운 생각마저 들어서 선생님께 말씀 드려 다시 옛날 자리로 돌아가게 됐는데 그때 내 애인 아니 내 짝이 웃는 모습을 처음으로 보았다. 그 후로 내 짝의 태도는 180도 바뀌어 나를 보고 "살살" 웃는가 하면 가공할 애교마저 떨었다.

점심시간이 되자 진주햄 소세지부침, 쇠고기장조림, 계란후라이에 기름기가 "잘잘" 흐르는 '아끼바리' 경기미 쌀밥도 나누어 주고 목장우유도 따라 주었다. 나는 혼합곡 보리밥 벤또에 김치뿐인 점심도 그나마 배불리 못먹고 언제나 굶주림에 허덕이던 터라 "따끈따끈"한 하얀 '아끼바리' 쌀밥에 소세지부침을 올려서 입에 넣자마자 씹을 것도 없이 배 속으로 바로 빨려 들어갔다. 그 음식들은 다 처음 먹어 보는 것이었는데 특히 계란은 그때까지 소풍 갈 때 삶은 계란이나 아버지가 잡수시던 날계란만 보았지 '후라이'는 처음 먹어 보았다. 내가 순식간에 다 먹자 내 짝은 자기가 먹던 걸 또 나누어 주었다. 결국은 내 짝의 점심을 다 먹게 되어 미안하다고 하자 자기는 집에 가면 많이 먹을 수 있으니 괜찮다고 하면서 다음 날부터는 아예 내 도시락을 따로 싸 왔다. 나도 맛있는 점심을 매일 얻어 먹으니 미안한 마음이 들어 그 애가 커닝을 해도 모른 척 했고 덩달아 그 애의 성적도 "쑥쑥" 오르자 아무것도 모르는 선생님은 둘이 싸우지 않으니 성적이 오른다고 좋아하시며 앞으로도 사이좋게 지내라고 하셨다.

나는 그동안 공부하는 게 지루하고 따분해서 배가 아프다는 핑게로 가끔 조퇴를 하거나 결석을 해서 만화책방으로 달려가 어제 김일 레슬링을 보느라고 바빠서(?) 미처 못 읽은 「무림정파」의 전무후무, 막강무비, 경천동지할 「황룡 18장」의 장문인 '장무기'와 악랄무비, 천인공노할 사파의 대마두 독혈마선 '가진악'이 무림 절대지존의 자리를 놓고 겨루는 무협지를 읽곤 했는데 학교생활이 즐거워진 건 순전히 맛있는 점심 때문이었다. 그리고 그때 나는 생전 처음 이상한 경험을 한다. 아직 2학기가 개학한 지 얼마 안 된 9월 초라 늦더위에 나는 반바지에 티셔츠를 입었고 내 짝은 짧은 치마를 입었는데 정신없이 점심밥을 먹고 있다가 어째 다리의 느낌이 이상해서 보니까 내 짝이 자기 다리를 내 다리에 붙이고 나를 빤히 바라보며 "생글생글" 웃고 있었다.

깜짝 놀래서 다리를 밀어냈더니 이번에는 아예 자기 다리를 내 다리 위에 포개고는 다리를 비비면서 콧노래까지 부르며 딴전을 피우길래 밥 먹는 데 방해가 되고 날씨도 더워서 성질이 난 내가 "야! 다리 좀 치워라." 했더니 그 애가 갑자기 화를 내며 "너 내가 싫어?" 하는 게 아닌가. 난 너무 어이가 없었지만 싸우기가 싫어서 "그게 아니라." 하고 얼버무리고 말았다. 그러나 그날 생전 처음 맛본 요상한 경험에 야릇한 기분이 들었다.

그리고 그동안 나는 틈틈이 전공(?)을 살려 기철이, 제근이, 윤기, 성규 같은 친구들에게는 손의성 만화가의 「동경은 내것이다」나 「만주의 외로운 늑대」 또는 이근철 작가의 「기관단총케리」나 「그 다리를 꿇어라」 같은 만화의 그림을 그려 주었고, 영옥이, 미나, 혜숙이, 경자 같은 여자애에게는 공주가 앙드레김 패션쑈에 나올 것 같은 드레스를 입고 머리에는 미쓰코리아 왕관을 쓰고 팔은 45도 각도로 벌리고 언제나 눈웃음을 치고 있는 그림을 그려 주곤 했는데 내 짝은 그게 나름 부러웠는지 자기도 그림을 그려 달라고 부탁하길래 흔쾌히 승낙하니까 가방에서 엄희자 만화를 꺼내며 그려 달라고 했다.

나는 순간 당황해서 어쩔 줄 몰랐는데 내가 그동안 친구들에게 그려 준 그림은 지금 생각하면 유치한 수준의 낙서 같은 그림이었지만 엄희자나 한수산 같은 순정만화가의 그림은 차원이 달랐다. 만화 뒷 부분에는 '독자의 솜씨자랑'이란 코너가 있어 그림 꽤나 그리는 독자들의 작품이 실리곤 했는데 순정만화는 제대로 그리는 사람이 별로 없을 정도로 까다로운 것이었다. 순정만화는 까다롭고 시간이 많이 걸린다고 둘러대니까 그럼 집에 가서 그려 달라고 하면서 스케치북과 만화책을 주었다. 숙제 아닌 숙제를 들고 집에 와서 몇 번을 시도했지만 얼굴이 짱구처럼 이상하게 되고 눈은 졸리운 눈이 되거나 별사탕처럼 그려져서 내일 학교에 가서 친구들 앞에서 망신을 당하고 어쩌면 맛있는 점심도 못 먹게 될지도 모른다는 생각에 고민을 하다가 "궁즉통"이라고 했던가! 한 가지 아이디어가 떠올랐다.

그것은 스케치북 위에 먹지를 대고 맨 위에는 아래가 비치는 습자지를 놓고 그대로 따라 그린 뒤 약간의 수정만 하니까 만화책에는 전혀 흔적이 안 남고 감쪽같이…. 내가 보아도 깜짝 놀랄 만큼 가공할 복사신공이 완성되었다. 다음 날 그림을 본 내 짝은 진짜 만화가처럼 잘 그렸다고 하면서 미제 허쉬초코렛 '리즈크레커' 깡통에 들어 있는 코코아가루를 주었는데 그중에 코코아가루는 따뜻한 물에 타서 한 번 먹었을 뿐인데 그 맛에 중독될 정도로 맛이 있었다.

그런데 한 가지 문제가 있었다. 앞에서 언급했듯이 순정만화는 눈이 생명인데 연필로 복사하다 보니 뭉툭하면 섬세하게 복사가 안 되고 뾰족하게 깎으면 쉽게 부러졌다. 고심 끝에 새로운 신공을 개발했는데…. 그것은 대못을 시멘트바닥에 갈아 연필 대신 쓰는 '철필신공'이었다. 조심스럽게 초식을 펼치자 그 위력은 전무후무 경천동지할 가공스러운 것이었는데 눈의 섬세한 부분까지 깨끗이 복사가 되고 더욱이 1원에 2장짜리 습자지도 아낄 수 있어 비용절감에도 도움이 되었다.

새로이 업그레이드 된 그림을 본 내 짝은 앙드레김 패션쑈에 나오는 것처럼 왕자와 공주가 마주보고 서서 반지를 끼워주는 그림, 결혼식 하는 그림, 그리고 마차를 타고 신혼여행 가는 그림 등 점점 수위를 높이더니 급기야는 첫날밤에…. 왕자와 공주가 껴안고 "오! 공주님 사랑해요." 또는 "왕자님 꼭 안아주세요. 갈비뼈가 으스러지도록 키스해 주세요. 앞이빨이 '쏙' 빠지도록…. 아! 왕자님 너무 뜨거워요." 같은 야한 대사도 말풍선에 적어 달라고 요구하였다.

내 짝은 비록 호적정리가 잘못되서 실제 나이는 나보다 한 살이 많았지만…. 예쁜 얼굴에 어울리지 않게 이런 야한 말을 알고 있는 내 짝이 "발랑" 까진 애라고 느껴졌다. 그리고 어쩌면 내 짝이 나를 잡아먹을지도 모르니 조심해야겠다는 생각도 들었다….

　나는 내 짝이 왜 그런 걸 부탁했는지 알 수 없었지만 맛있는 간식이 생기는 일이기에 군말없이 그려 주었다. 그렇게 행복한 신혼 아니 학교생활을 이어가던 중 2학기 일제고사를 앞두고 선생님은 우리 반이 수학 그중에서도 '분수와 도형' 성적이 부진하다고 하시면서 스스로 문제를 출제하고 답을 구하라는 숙제를 내셨는데 내 짝은 그동안에 참고서에 친절하게 적힌 대로 써서 내는 숙제만 했던 터라 거의 울상이 되었다. 우리 동네 친구들은 산수 성적은 거의 빵점이었지만 어려서부터 어른들이 화투칠 때 잔심부름 하면서 어깨너머로 배운 "뻬리칠 짓고 장땡이니" "꼬꼬장에 삼팔광땡" 하는 도리짓고땡이나 '알리, 쨰삥, 구삥, 쨰육, 장사' 같은 '섯다판' 족보를 구구단보다 먼저 외울 정도로 계산이 빨랐고 또 도형을 넘어서 고차원적인 기하학도 '땅따먹기놀이'로 다져진 실력으로 전국적으로 부동산투기를 할 정도의 실전 수학에는 가공할 고수들이었다.

　나는 내 짝이 숙제를 못해 와서 손바닥을 맞고 우는 모습을 상상하니 고소한 깨소금맛이었는데…. 그런데 고민하던 내 짝이 '토스트'를 해 줄 테니 자기 집에 가서 같이 숙제를 하자고 나를 꼬시는 게 아닌가! 왠지 불길한 예감이 스쳐 지나갔지만 '토스트'라는 말에 어쩔 수 없이 그녀의 유혹에 넘어가고 말았다. 나는 상대방의 약점을 악용해서 유혹하는 내 짝은 무림의 색녀인 '색랑호리 요지화'라는 생각이 들었다….

드디어 처갓집 아니 내 짝의 집을 방문하게 되었는데 그 애의 집은 관음사 바로 뒤에 있는 축대를 아주 높게 쌓은 집이었다. 그곳에 들어서자 해병대산 골짜기에 있는 루핑지붕으로 뒤덮힌 게딱지 같은 우리 동네와 금남시장이 한눈에 들어왔고 마당에는 꽃밭도 있고 수도도 있었는데 나는 무엇보다 수도가 있는 게 제일 부러웠다. 우리 동네는 전기는 물론 수도도 없어 금남시장이나 약수동까지 가서 한 지게에 3원짜리 유료 수도물을 길어다 먹는 형편이었고 그나마 먹고 사느라고 바빠서 시간이 없는 집은 물장사에게 한 지게에 20원씩 사 먹었다. 그 애의 엄마는 약간 파마를 한 머리에 가벼운 화장을 하고 결코 화려한 옷차림이 아니라 수수한 옷을 입었지만 우아한 얼굴에 말씀하시는 것도 왠지 기품이 있는 게 마치 유럽의 명문귀족인 합스부르크 왕가의 귀부인처럼 느껴졌다.

그에 비해 우리 엄마는 원래 고향이 이북 평양인 사람이었는데 "야! 이종간나 쌔끼야." 같은 욕도 잘하고 말투는 억세지만 그 지독한 가난 속에서도 늘 웃음을 잃지 않는 낙천적인 성격에 사람을 좋아하는 여장부 스타일이었다. 손님이 오시면 나에게 금남시장에 있는 양조장에 가서 막걸리를 받아 오라고 심부름을 시키곤 했다. 나는 즐거운 마음으로 막걸리를 사러 갔는데 그 이유는 막걸리를 사 가지고 오는 도중에 주전자 꼭지에 입을 대고 막걸리를 "쪽쪽" 빨아먹는 맛이 기가 막히게 좋았기 때문이었다.

귀부인은 환하게 웃으시면서 집 안으로 들어오라고 하셨는데 나는 차마 집 안으로 들어갈 수가 없었다. 그 이유는 양말도 안 신은 맨발에 검정고무신을 신고 하루종일 흙바닥을 뛰어놀았으니 내 발은 마치 논에서 모내기하다 나온 것처럼 새카맸기 때문이었다. 더구나 내 짝은 어느새 민소매 나시티에 팬티가 "보일락 말락" 하는 짧은 치마로 갈아입고 눈웃음을 치고 있는 게 아닌가! 나는 너무 민망해서 눈 둘 곳을 몰랐는데…. 귀부인은 괜찮다고 하시면서 들어와서 고무신도 닦으라고 하셨다.

목욕탕으로 들어가는데 걸을 때마다 째깜한 발도장이 찍혔다. 목욕탕 안은 타일이 붙어 있었고 미제 다이알비누, 이태리타월뿐만 아니라 깨끗한 수건도 차곡차곡 싸여 있었는데 솔직히 우리 집 안방보다 깨끗했다. 우리 집은 수건 한

장으로 온식구가 같이 써서 나중에는 수건에서 퀴퀴한 냄새가 진동했다. 처음 써 보는 이태리타월로 손등을 밀자 시커먼 국수 때가 나오길래 떡 본 김에 제사 지내고 업어진 김에 쉬어 가는 심정으로 "에라! 모르겠다." 하고 아예 옷을 '홀랑' 벗고 목욕까지 하고 나오자 귀부인이 "아이고 씻으니까 인물이 훤하네." 하시면서 진짜 오렌지주스를 따라주면서 "본이 어디냐.", "아버지는 무얼하시냐." 등 가족관계에 대해 자세히 물어보셨다.

처음 먹어 본 오렌지주스는 맛이 너무 진해서 시고 쓴맛이 났지만 예의상 따라 주시는 대로 연거푸 세 잔을 마셨더니 귀부인이 약간 당황하는 것 같았지만 신경쓰지 않았다. 나는 그때까지 문방구나 구멍가게에서 파는 사카린, 구연산, 포도당, 향료, 황색3호 색소를 뒤섞은 1원짜리 불량식품을 사서 물에 타서 먹는 게 오렌지주스인 줄 알고 있었다.

나는 평소 부모님의 가르침대로 솔직하게 아버지, 엄마는 중앙시장에서 장사를 하시고 제일 큰누나는 중학교 때까지 공부를 잘해 우등생이었는데 지금은 어려운 가정형편 때문에 평화시장에서 미싱사로 일하며 큰형은 덕수중학교에 다니고 6학년 작은형과 1학년 동생과 5살짜리 동생이 있는데 엄마는 또 임신했다고 말씀드렸더니 갑자기 한숨을 쉬면서 혼잣말로 "어떤 여자는 복도 많군." 하는 게 아닌가! 나는 이렇게 좋은 집과 맛있는 음식을 매일 먹으면서 귀부인이 우리 엄마를 부러워하는 게 이해가 되질 않았다.

그리고 큰형이 대단한 사람이라는 걸 알게 된 것은 며칠 전에 일어난 작은 사건 때문이었다. 그날은 하굣길에 앞에 가는 여자애 머리채를 잡고 "앞에 가는 사람은 도둑놈~ 뒤에 가는 사람은 순경~" 하고 장난을 치다가 마침 그곳을 지나가던 그 애의 오빠에게 현장에서 체포되었다. 그 형은 대경중학교 학생이었는데 내 멱살을 잡고 본격적인 구타에 앞서 이것저것 신문하기 시작했다. 어느 동네 사냐고 묻기에 해병대산 골짜기 동네에 산다고 하니까 "역시 거지동네 사는 째끼들은 다르군." 하더니 형은 무얼하냐고 또 물었다. 형은 덕수중학교에 다닌다고 하니까 멱살을 놓더니 형은 공부를 잘하냐고 재차 심문하기에 형은 우등생이라고 하니까 갑자기 "헤헤" 하고 비굴하게 웃으면서 앞으로는 자기 동생과 싸우지 말고 사이 좋게 지내라고 하면서 그냥 풀어 주었다.

집에 와서 그 얘기를 했더니 형은 가소롭다는 듯이 우스면서 "만약 오늘 그놈이 너를 때렸으면 오늘이 그놈 제삿날이 될 뻔했는데 운이 좋았다."고 하면서 대경중학교는 '똥통학교'라고 하였다. 형은 공부도 잘했지만 유도, 태권도 등 무술도 연마했고 집에 와서도 틈틈이 시멘트로 만든 역기 아령도 할 뿐 아니라 나무기둥에 째끼줄을 감아 놓고 '정권단련'도 해 가슴에는 '갑빠'가 주먹에는 '다마'가 나와 있었다.

나에게는 큰형이 무림의 절대지존 이소룡보다 위대해 보였다. 귀부인은 비록 가난한 집안의 아이지만 결코 비굴하지 않은 나의 솔직하고 현란한 말솜씨에 매료되었고 옆에서 듣고 있던 내 애인 아니 내 짝도 나의 또 다른 매력에 애교 섞인 추파를 던지는 게 아닌가! 그 모습을 보니 왠지 큰일이 터질 것 같은 예감에 불안한 마음을 감출 수가 없었다.

넋을 놓고 듣고 있던 귀부인은 겨우 정신을 차리시고 드디어 토스트를 내오셨다. 그 토스트는 진짜 미제 '빠다'를 발라 구워서 냄새부터 마가린을 발라서 구운 길거리표 토스트하고는 차원이 달랐다. 속에는 귀부인이 손수 만드신 딸기쨈이 들어 있었는데 겉은 "바삭바삭"하고 속은 "촉촉"한 토스트를 한입 베어 물자 입안에서 "사르르" 녹았다. 그런데 이상한 일이 벌어졌다. 분명히 한 입밖에 안 먹었는데 토스트가 사라진 게 아닌가? 그것은 토스트가 너무 맛있어서 순간적으로 기억상실증에 걸린 탓이었다. 내가 두꺼비가 파리 잡아먹듯 눈 깜짝할 사이에 토스트를 먹어치우자 귀부인은 토스트는 많이 있으니 천천히 먹으라고 하시며 목장우

유도 따라주셨는데 그 말을 듣자 갑자기 귀부인이 프랑스 왕 루이16세의 부인이자 오스트리아의 왕 샤르트3세의 막내딸인 마리 앙트와네뜨 왕비님으로 보이는 게 아닌가! 결국은 그 집안의 식빵을 전부 다 먹어 치웠지만 '간'에 기별도 가지 않았다. 하지만 체면상 배가 불러 더는 못 먹는다고 사양하고 수학숙제를 하기 위해 내 짝의 공부방에 들어갔는데 나는 너무 좋아서 입이 '쩍' 벌어졌다.

그 방에는 커다랗고 푹신한 침대와 속옷만 입고 누워 있는 외국 여배우 사진이 걸려 있었고 또 공주님도 어느새 속이 훤히 비치는 잠자리 날개 같은 잠옷으로 갈아입고 있었는데 야릇한 향수 냄새마저 풍겼다. 나는 내 짝이 숙제를 하려는 건지 첫날밤을 치르려는 건지 헷갈릴 지경이었다. 침대에 속옷만 입고 누워 있는 외국여배우 사진이 걸려 있었고 그리고『새소년』,『소년중앙』,『어깨동무』같은 어린이잡지와『학원』,『여학생 학생중앙』등 청소년잡지 또『여원』영화잡지,『선데이서울』,『로맨스』,『주부생활』,『아리랑』,『명랑』같은 성인잡지, 심지어『타임』,『라이프』같은 외국잡지까지 수백 권이 월별로 잘 정리 되어 있었고 뭔지 알 수 없는 공식이나 설계도가 그려진 영어로 된 책도 수십 권이 있어서 내 짝에게 물어보니 자기 아빠는 구의동에 있는 '모토

로라'라는 외국인 회사의 기술자라고 하면서 그 책은 아빠가 보는 거라고 했다. 그러면서 아빠는 일 때문에 외국에 출장도 자주 가서 집에는 한 달에 한두 번밖에 안 들어오는데 그때마다 엄마하고 싸운다고 하길래 그래서 왕비님이 우리 엄마를 부러워했구나 하고 생각했다.

아무튼 그 방은 나에게 보물창고나 다름없었다. 그동안 내가 단골로 다니던 만화가게에는 만화책, 무협지뿐만 아니라 『꿀단지』, 『사랑의 101번지』, 『욕망의 교차로』, 『오마담과 박사장』, 『마성기와 견질녀』같이 요상하고 '야리꾸리'한 제목의 성인소설도 있었는데 대낮에도 컴컴한 책방 안에서 일부 철없는 아저씨들이 꼬마들 틈에 끼워 앉자 심각한 표정으로 소설책을 보면서 담배를 마구 피워 대는 통에 만화가게 안은 마치 '오소리굴' 같았다. 가끔 학교에 『새소년』을 갖고 오는 친구들도 있었지만 몇 달씩 지났거나 결정적으로 재미있는 대목에서는 이상하게 몇 장씩 뜯겨 나가 있었다. 나는 속으로 이렇게 훌륭한 교육적인 환경이라면 수학숙제뿐만 아니라 내 짝과 단둘이 밤새워 전과목 과외도 하고 싶었다.

아무튼 빨리 잡지를 보고 싶어 서둘러 숙제를 시작했는데 처음부터 커다란 암초에 부딪치고 말았다. 그것은 가령

육면체의 한쪽 모서리가 직각이면 나머지도 당연히 직각인데 공주님은 그걸 이해하지 못했다. 더구나 학습태도도 아주 불량해서 내가 열심히 설명할 때도 내 얼굴을 빤히 쳐다보면서 재미있다는 듯이 웃으며 내 중요부위를 발로 '툭툭' 찼다. 그리고 정육면체를 그리라고 했더니 마치 사과상자를 펼친 것처럼 그리길래 공주님의 손을 잡고 "이렇게 하고 이렇게 그려"라고 했더니···. 자꾸 힘을 주고 사과박스를 펼치려고 하기에 아예 손깍지를 끼고 "너는 손에 힘을 빼고 가만히 있어" "내 손을 잘 보란 말이야 이렇게 옆으로 하고 아래로 살살···." 했더니 공주님은 손은 보지 않고 자기 몸을 내 몸에 밀착시키고 자기 얼굴을 내 얼굴에 갖다 대더니 눈을 지그시 감고 가쁜 숨을 몰아 쉬면서··· "아~ 일환아~~~ 나 어떻게 좀 해 봐 아~~ 아~~ 미치겠어~~~" 하는데 몸이 마치 열병에 걸린 것처럼 뜨거웠다.

당황해서 몸을 뒤로 빼다가 그만 의자가 뒤로 넘어가는 바람에 내가 밑에 깔리고 황송하게도 공주님의 커다란 엉덩이가 내 얼굴을 덮쳤다. 공주님의 커다란 엉덩이는 탱글탱글하고 보들보들하고 달콤한 향기가 났다. 공주님은 엉덩이를 내 얼굴에 마구 문질렀다. 나는 마치 황홀한 꿈을 꾸는 것처럼 몽롱한 기분이었다. 그리고 숨이 막혀 질식할 것만 같은데 공주님은 내려올 생각도 안 하고 엉덩이를 내 얼굴에 한참 비비더니 망극하게도 체위를 바꿔 이번에는 배 위로 올라탔다. 체위를 바꾸는 작은 빈틈을 노려 탈출을 시도하다 공주님의 악랄무비한 다리 쪼임 신공에 걸려 들었는데 가공할 쪼임 신공의 위력에 갈빗대가 "으드득" 하고 부러지는 소리가 나고 내장이 파열하는 듯한 극심한 고통에 내가 "축" 늘어지자 공주님은 마음껏 자기 욕심을 채웠는데 그 느낌이 나도 그렇게 싫지는 않았다. 이윽고 검은 마수를 내 아랫도리로 뻗치는 순간….

"똑똑" 노크소리가 나더니 문이 열리고 왕비님이 손수 만드신 짜장면을 가져오셨다. 그런데 이상하게 왕비님은 이런 민망한 장면을 보시고도 아무렇지도 않다는 듯이 "애들아 레슬링 그만하고 이리 와서 짜장면 먹어라." 하는 게 아닌가! 하기야 그때는 정통파 김일 레슬링뿐 아니라 여자레슬링, 복면레슬링, 남녀혼성 태그매치레슬링 등 별별 희한한 레슬링도 다 있었다. 그리고 학교나 동네에서 친구들과 레슬링 흉내를 내면서 노는 게 유행이었으니 왕비님이 오해할 만도 했다.

그날은 그렇게 가까스로 위기(?)를 넘겼지만 그 뒤로도 내 짝은 틈만 나면 자꾸 몸을 들이대는 통에 참고 참다가 내가 "그만 좀 해라." 하고 화를 냈더니 내 짝이 내 머리에 꿀밤을 때리면서 "에이 바보야." 하는 게 아닌가! 나는 너무 어이가 없었다. 내가 자기보다 공부를 훨씬 잘하는데 나보고 바보라니 참 웃기는 애라는 생각이 들었다.

아무튼 왕비님이 만드신 짜장면은 콩가루를 섞어 만든 반죽을 홍두깨로 밀고 칼로 썰어 만든 면이 구수하면서도 쫄깃한 것이 비교할 짝이 없었고 또 짜장소스도 호박, 양파, 감자, 돼지고기가 큼지막한 것이 들어 있었다. 나는 짜장면이라고는 아주 어려서 엄마 친척집에 놀러가서 딱 한 번 먹은 기억밖에 없는데 짜장을 입에 넣자마자 희한하게도 옛날 기억이 다 떠오르는 것이 아닌가!

그런데 이상한 일이 벌어졌다. 짜장을 입에 넣고 불과 2~3초밖에 안 지난 것 같은데 짜장을 담은 그릇이 "번쩍번쩍" 광이 날 정도로 깨끗이 비워져 있었다. 그것은 짜장이 하도 맛있어서 나의 불치병인 순간 기억상실증 재발했기 때문이었다. 나는 속으로 장모…. 가 아니고 왕비님이 해 주시는 짜장면을 매일 먹으면 나는 행복합니다~~ 나는 행복합니다 ~~ 쿵짜라라~ 쿵짜라라~ 같은 노래가 저절로 나올 것 같았다. 그런데 내 짝은 그때까지 겨우 한 가닥을 입에 넣고 "쪽쪽" 빨고 있는 것이 아닌가.

한 가닥씩 "쪽쪽" 빨아먹는 게 하도 답답해서 "짜장면은 그렇게 한 가닥씩 빨아먹으면 맛이 없고 한 볼텡이씩 입에 넣고 입가에 짜장소스도 묻혀 가며 "팍팍" 먹어야 맛있다." 고 했지만 내 짝은 못 들은 척하면서 예쁜 입술을 오무리고 계속 "쪽쪽" 빨아먹는 게 아닌가! 그 모습이 너무 섹시해서 나는 야릇한 기분까지 느꼈다. "아휴" 저걸 그냥 확! 뺏어 먹을까! 하는 생각도 들었지만 학문을 사사하는 스승으로서 의 사회적 지위와 체면 때문에 꾹 참고 있었더니 공주님이 짜장을 반에 반도 못먹고 자기는 배가 불러 더 이상 못 먹는 다고 하면서 나보고 먹겠냐고 물어봤다. 그거야 "두 말하면 잔소리고 세 말하면 입 아프지!" 그 짜장마저 짜장그릇을 설 거지 할 필요가 없게 '혓바닥'으로 눈이 부시도록 '빠우' 처리 까지 해 주었다.

짜장면 2그릇을 해치우고 남녀 혼성레슬링으로 몸을 푼 나는 본격적으로 숙제를 시작했는데 돌대가리 공주님은 아 무래도 수학이나 논리를 담당하는 좌측 뇌에 심각한 장애가 있는 게 분명했다. 주로 몸으로 하는 음악이나 춤 또는 체 육 심지어 남녀혼성 레슬링도 배우지도 않았는데 그렇게 능 숙하고 자연스럽게 하면서도…. 수학 "ㅅ"자만 나와도 고개 를 흔들었다. 더구나 공주님은 수학숙제보다 인생의 숙제를 풀려고 자꾸만 나에게 태클을 거는 통에 대강 숙제를 써 놓고 공주님보고 베껴 쓰라 하고 '사회적 거리두기'가 아닌 '육체적 거리두기'를 실행해 멀찌감치 떨어져서 잡지책을 펼쳤다. 『새소년』, 『어깨동무』, 『소년중앙』 등 어린이잡지의 내용은 비행접시를 타고 침공한 외계인이 지구인을 납치해 생체시험을 한다거나 뇌에 특수장치를 설치해 마음대로 조종하고 심지어 여자를 납치해 몸속에 외계인의 유전자를 이식해(?) 탄생한 지구인을 노예로 삼는다는 내용이나 부산앞바다에 2차대전에서 패한 일본군이 배로 금괴 수천조 원 어치를 빼돌리다 미군잠수함의 공격으로 수장됐는데 곧 인양할 거라는 기사 또는 지구와 소행성의 충돌로 지구멸망이 얼마 남지 않았다는 내용이었는데 나는 그걸 보고 지구가 멸망할까 봐 너무 걱정되서 한동안은 밥도 못 먹을 정도였지만 결코 지구는 파괴되지 않았다.

또 학원 같은 청소년 잡지의 내용은 과학적인 내용이 많았는데 그중에 '광석라디오 만들기' 같은 것은 지금 생각해도 아주 유익한 점이 많은 것이었다. 주간 『썬데이서울』이라는 잡지를 펼쳤더니 첫 장부터 내가 좋아하는 여배우 남정임이 옷을 홀딱 벗고 입을 반쯤 "헤벌레" 하게 벌리고 눈은 게슴츠레 뜨고 몸은 요상하게 꼬고 있는 사진이 있는 게 아닌가! 내 가슴은 "쿵쿵"거리면서 마구 뛰었다. 나는 나도 모르게 공주님을 곁눈질로 슬쩍 봤더니 망극하게도 공주님이 엎드려서 팬티가 보일락 말락 하게 엉덩이를 높이 들고 여전히 정육면체 하고 씨름 중이었다. 그런데 희한한 것이 선을 하나 그을 때마다 엉덩이를 수십 번씩 흔들었다. 그 모습을 보니 갑자기 장난기가 발동해서 뒤로 가서 엉덩이를 "찰싹찰싹" 때려 주고 싶었지만… 괜히 그러다 흥분한 공주님의 가공할 '쪼임신공'에 걸리면 '파김치'가 될 것 같아 참기로 했다.

아무튼 남정임을 다시 머리부터 발끝까지 천천히 음미한 다음 다음 장으로 넘겼더니 너무나 황홀한 광경에 정신이 아찔할 정도였다. 거기에는 '제인폰다', '라켈웰치', '카뜨린 드뇌브', '쏘피아로렌', '마리린몬로' 같은 외국의 육체파 여배우들이 옷을 '홀라당' 벗고 중요 부분만 간신히 손바닥만 한 헝겊 쪼가리로 가린 사진이 있었는데 그녀들의 "쭉쭉빵빵 탱탱"한 몸매는 한마디로 섹시함을 넘어서 예술 그 자체였다. 다음 장으로 넘기더니 "프랑스에서 방금 도착한 패숀 디자이너 앙드레김의 작품을 보시라." 하는 글과 함께 드레스 사진이 실려 있었다. 그 사진을 보고 큰 충격을 받았는데 그 드레스에는 사람 피를 빨아먹는 '이' 그림이 그려져 있었고 더욱 가관인 건 "우리들과 친숙한 곤충 그림이 그려져 있는 멋진 작품"이라는 해설이었다.

그다음 장에는 "여배우 문희 대낮부터 호텔에서 무슨일이!" 하고 대문짝만 한 기사가 실려 있어 나는 무슨 대형스캔들이라도 터진 줄 알고 꼼꼼하게 기사를 읽었더니 어이없게도 호텔에서 영화촬영을 했다는 내용이었다. 그다음에는 "남진과 문주란 곧 결혼발표"라는 기사도 역시 믿거나 말거나 하는 카더라 통신이었다. 그다음은 '하숙집 과부와 대학생', '길에서 만난 엄마와 동갑인 여인', '나를 두 번 죽인 잊지 못할 그 여자', '40대 유부녀의 늦게 배운 서방질' 같은 엉터리 기사였지만 나름 재미있었다.

가운데 여러 장으로 접은 부분을 펼쳤더니 '제6회 대종상 여우신인상을 수상한 신인 여배우 고은아 제주 올로케이션 총천연색 화보'라는 설명과 함께 고은아의 제주비바리 해녀 차림의 사진이 실렸는데 옷을 다 입었지만 "홀라당" 벗은 것보다 옷이 물에 젖어 몸에 "착" 달라붙어 오히려 더 섹시했지만 자세히 보니까 추워서 닭살이 나 있었다. 그래서 나는 어쩐지 고은아가 불쌍해 보였다. 그다음 장은 "비밀 카바레 급습 바람난 유부녀와 제비족 일망타진"이라는 기사와 함께 눈을 검은색 띠로 칠한 사진이 있었는데 남편이 파월기술자나 서독탄광에 가서 외화 획득을 위해 피땀 흘리는 사이 제비족과 놀아난 정신 나간 유한마담들을 일망타진 했다는 기사였다.

또 카바레 지하에 있는 비밀통로로 연결된 호텔도 덮쳐 대낮부터 낯뜨거운 정사를 벌린 불륜커플 수십 쌍도 체포해 사회가 한층 맑아졌다는 기사도 있었다. 그다음 페이지는 합기도 8단의 아저씨가 자기가 지상 최강의 고수인데 상금 100만 원을 걸고 결투를 할 사람을 공개적으로 신청하는 기사가 실려 있었다. 그런데 나중에 들은 소식은 이 아저씨는 고3 일진한테 무쟈게 얻어맞고 KO패 당했는데 패배한 이유가 아침밥을 적게 먹어 배가 고파졌다는 어처구니 변명을 늘어 놓았다는 것이다.

『선데이서울』 뒷부분에는 '고민상담소'라는 코너가 있었는데 거기에는 이런 사연이 실려 있었다.

Q. 안녕하세요 선생님 저는 올해 19세인 여고 3년생입니다. 얼마 전에 친구네 집에 놀러갔다가 친구 오빠에게 강제로 순결을 빼앗겼습니다. 처음에는 완강하게 저항했지만 오빠가 반강제로 키스를 하고 애무를 하는 바람에 저도 모르게 흥분이 되서 몸을 허락하고 말았습니다. 그런데 처음에는 저의 순결을 짓밟은 오빠가 죽이고 싶도록 미웠지만 요

즘은 오빠가 보고 싶고 또 밤마다 하고 싶어 미치겠습니다. 저는 어찌해야 할까요? 금호동에서 K가

A. K양의 사연 잘 읽었습니다. 육체의 순결보다 정신의 순결이 중요합니다. 이제 대학입시도 얼마 남지 않았으니 미친 개에게 물린 셈 치고 새출발 하십시요 라는 야릇한 내용이었다.

그걸 보니 나의 몸속 깊은 곳에서 뜨거운것이 용솟음치는 것이 아닌가! 그런데 등 쪽에 "물컹"한 감촉이 느껴져서 뒤를 돌아보니 공주님이 자기 가슴을 내 등에 문지르면서 "야 뭘 그렇게 뚫어지게 보는거야." 하면서 내 어깨를 "툭" 쳤다. 나는 황급히 책을 덮고 "응 아무것도 아니야." 하면서 입가에 "질질" 흘린 침을 급히 닦고 "숙제 다 했니?" 하고 묻고는 밖으로 나가는데 공주님이 갑자기 뒤에서 "아이스께끼" 하면서 내 바지를 벗기는 바람에 고무줄이 늘어난 빤스가 무례하게도 텐트를 치고 말았다.

그때 하필 왕비님이 삶은 옥수수를 갖고 들어오시다 그 모습을 보시고도 아무렇지도 않은 듯 "애들아 아이스께끼 놀이 그만하고 옥수수 먹어라." 하셨다. 마침 출출하던 차라 앞이빨에 걸고 가볍게 돌리자 "드르륵 드르륵 드르르르륵" 하고 마치 전기톱이 고속회전 하는 듯한 소리가 나면서

순식간에 배 속으로 빨려 들어갔다. 내가 7~8개를 먹을 동안 내 짝은 옥수수 알갱이를 한 알씩 떼어서 "야금야금" 겨우 반 정도 먹더니 배가 불러 더는 못 먹겠다고 하길래 도대체 무얼 먹고 사는지 궁금해서 그 애의 가정환경에 대해 물어보니 중학생 언니하고 외국인 회사에 다니는 아빠 엄마 이렇게 네 식구인데 중학생 언니는 공부를 잘하지만 자기는 공부를 못해 고민이라고 말했다.

일요일에는 온 가족이 교회에 갔다 와서 시내에 있는 단성사, 피카다리, 대한, 명보, 스카라, 국도, 세기 같은 일류극장에서 디즈니 만화영화나 「벤허」, 「십계」, 「닥터지바고」, 「사운드 오브 뮤직」 같은 외국영화를 주로 보고 한국영화는 안 본다고 하였다. 영화 감상 후에는 레스토랑에서 돈까스나 스테이크 또는 조선호텔에 있는 부페에 가서 저녁을 먹는다고 자랑했는데 나는 부페라는 말을 처음 들어봐서 다시 자세히 물어보니 부페는 소인 250원 대인 500원 입장료를 내고 들어가서 자기 마음대로 맛있는 것을 골라서 무제한 먹는 식당이라고 하길래 나는 도저히 믿을 수가 없었다. 물론 입장료가 비싸기는 하지만 내가 입장하면 한 번에 최소 10인분을 먹을 텐데 그럼 그 부페는 분명히 망할 거라는 생각이 들었다.

그리고 자기에게 대한극장에서 하는 「싸운드 오브 뮤직」 극장표 2장이 있는데 다음에 같이 가자고 꼬셨다. 나는 그동안 영화는 금호극장 입구에서 "죽"치고 있다가 혹시 아는 어른이라도 만나면 덤으로 "째비" 쳐 들어가거나 현대극장은 친구 누나가 매표소 직원으로 일한 덕분에 공짜로 볼 수 있었다. 그 당시는 동시 상영으로 영화 2편을 상영했는데 주로 액션, 전쟁영화를 봤다. 액션영화 중에 「압록강 철교를 폭파하라」는 영화가 생각나는데 그 영화는 1930년대 만주를 배경으로 독립군과 일본군의 싸움을 그린 영화였다. 그런데 도망가는 일본관동군 연대장인 황해가 미군 '쓰리쿼터 트럭'을 몰고 추적하는 독립군 장동휘가 일제 '혼다 350cc' 오토바이를 타는 식의 엉터리 영화였다.

그리고 「돌아오지 않는 해병」이라는 전쟁영화를 재미있게 본 기억도 있는데 말도 안 되는 게 실탄 8발이 장전된 M-1 갤런드 소총에서 수백발이 발사되고 또 주인공이 사격하면 괴뢰군 수십 명이 죽지만 주인공은 괴뢰군이 아무리 사격해도 결코 죽는 법이 없고 설사 죽는다 해도 거의 30분 이상 할 말 다 하고 죽는 것이 비록 11살짜리 꼬마가 생각해도 너무 이상했다.

그리고, 여름에는 호텔수영장이나 송추유원지, 인천 송도

유원지로 놀러 가고 겨울방학 때는 동대문 실내스케이트장에서 스케이트를 타거나 대관령 스키장으로 온 가족이 여행을 간다고 자랑하고 또 자기는 한국TV는 안 보고 채널 2번 AFKN 주한미군 방송만 본다고 자랑하길래 내가 "만화가게에서 간혹 채널을 잘못 돌려 2번을 본 적이 있는데 그 방송은 한국말은 하나도 안 나오고 영어만 "쏼라 쏼라" 하고 나오던데 그걸 뭘 하러 보냐."고 하니 그 애는 자기도 무슨 말인지 모르지만 계속 듣다 보면 영어를 잘할 수 있다고 아빠가 보라고 해서 보는 것이라고 했다.

나는 도무지 무슨말을 하는지 이해할 수가 없었다. 아무튼 왕비님께 "어머니 안녕히 계셔요." 하고 인사를 하고 돌아가려는데 왕비님이 집에 가서 동생들과 먹으라고 옥수수를 싸 주시는 게 아닌가! 나도 양심이 있는지라 처음에는 몇 번 사양했지만 못 이기는 척하고 받았다. 그날 나는 비록 처갓집(?)에서 씨암탉은 못 잡아 먹었지만 토스트, 짜장면, 옥수수 등 융숭한 대접을 받고 돌아가는데 공주님이 굳이 배웅까지 한다는 것이 아닌가 나는 속으로 조심해야겠다고 생각했다.

아니나 다를까 해병대산 으슥한 곳에 이르자 공주님이 나를 바위 쪽으로 밀어붙이더니 영화에서 본 것처럼 '벽치기키스'를 하자고 했다. 내가 순간적으로 기지를 발휘해 "제근이 엄마 안녕하세요." 하고 구라를 치자 내 짝이 주춤한 사이 그대로 뒤도 안 돌아보고 도망치는데 내 뒤에 대고 공주님이 "야 우일환 이 바보 멍청이, 쪼다, 멍게, 해삼, 말미잘, 거지발싸개, 걸랭이말코같이 시시한 놈아! 내일 학교에서 만나면 혼날 줄 알아!" 하고 욕을 퍼부었다.

공주님과 헤어져 오후 늦게 되서야 게딱지 같은 판자집으로 돌아왔더니 그때까지도 점심도 굶고 나를 기다리던 동생들이 "허겁지겁" 옥수수를 먹는 모습을 보니 동생들한테 미안한 마음도 들고 한편으론 왕비님의 사려깊은 배려심에 새삼 감동의 물결이 마구마구 밀물처럼 밀려왔다. 그리고 나의 인생은 앞으로 그야말로 흔들고 '쓰리고'에 고도리, 오광 피박에 청단, 홍단, 양박, 멍박, 띠박 따, 따, 따, 따불로 한마디로 '대박' 났다는 벅찬 희망에 쉽게 잠들 수 없었다.

그다음 날도 즐거운 마음으로 등교한 나는 평소처럼 쉬는 시간에 공주님이 화장실 간 사이에 옆 분단 미나의 부탁으로 왕자와 공주가 결혼식 하는 그림을 그리다가 갑자기 장난기가 발동해 왕자의 머리를 대머리로 그리고 왕자의 팔은 문어다리같이 길게 그려 놓고 미나 하고 둘이서 "하하 호호" "낄낄 깔깔"거리면서 둘이서 팔짱도 끼고 결혼식 하는 것처럼 입으로는 "딴따단안~~ 딴따다다단~~~" 하고 결혼행진곡 흉내를 내며 놀다가 갑자기 목덜미가 싸늘한 느낌에 뒤를 돌아봤더니…. "헉!" 여자가 한을 품으면 오뉴월에도 서리가 내린다고 했던가! 등골이 서늘할 정도의 무서운 눈빛으로 미나를 노려보던 내 짝이 미쳐 말릴 틈도 틈도 없이 미나의 머리채를 잡고 "야 어디서 꼬리를 쳐!" 하면서 그대로 교실 바닥에 내동댕이쳤다.

그리고 나를 매우 섭섭한 눈빛으로 바라보며 "야! 우일환 니가 나한테 이럴수 있니." 하는 게 아닌가! 나는 공주님이 왜 그런 말을 하는지 이해할 수가 없었다. 아무튼 쓰러져 있는 미나가 불쌍해서 다른 뜻은 없고 순전히 인도주의적 차원에서 미나를 부축하며 "미나야 다친 데는 없니?" 했더니 미나가 내 손을 잡고 일어서며 "응 일환아 나는 괜찮아." 하는 순간 갑자기 "까악~~~!" 하고 고막이 찢어질 듯한 비명이 들리면서 공주님이 "이것들이 보자보자 하니까 아주 놀고들 있네!" 하더니 미나를 엎어치기 신공으로 집어던지고 나를 진짜 잡아먹을 듯이 무시무시한 눈빛으로 바라보더니 "야 니가 더 나빠." 하는 말이 떨어지는 것과 동시에 내 복부에 레프트 '훅'을 그대로 꽂았다. "크허억~~~!" 내가 엄청난 고통에 몸을 앞으로 구부리자 이번에는 돌려차기가 내

턱을 강타했다. "우탕탕" 소리가 나며 나는 힘없이 나가 떨어졌다.

공주님은 그래도 분이 안 풀렸는지 미나하고 나를 마구 밟은 뒤 머리끄댕이를 잡고 교실 안을 한바퀴 돌며 조리돌림을 했다. 그런데 공교롭게도 고무줄이 늘어난 내 바지가 벗겨지며 엉덩이에 반정도 걸쳐졌다. 한 손으로는 바지를 잡고 한 손으로는 머리를 잡고…. 그날 나는 아주 우스운 꼴로 개망신을 당했다.

그리고 그림을 "갈기갈기" 찢더니 나보고 앞으로는 여자 친구들에게는 그림을 그려 주지 말라고 하길래 내가 "야! 그림을 그리건 말건 그건 내 자유야." 했더니 내 짝이 무시무시한 눈빛으로 나를 노려보며 "글쎄 그리지 말래면 그리지 마' 하는 게 아닌가! 너무 어이가 없었지만 내 짝의 기세에 눌려 아무 말도 못했다. 나는 내 짝의 행동을 도저히 이해할 수 없었다. 이상한 행동은 이것만이 아니었다. 그 당시 학교에서는 옥수수가루로 만든 노란빵을 매일 하루에 반 개씩 나누어 주었는데 그동안 내 짝은 친구들 몰래 나에게 주곤 했다. 그런데 그날 이후로는 반친구들이 보는 앞에서 공개적으로 나에게 주었다. 나는 너무 창피해서 얼굴을 들 수 없을 지경이었다.

그 후로도 내 짝은 내가 창피하게 생각하건 말건 개의치 않고 오히려 친구들이 보라는 듯이 더욱 공개적으로 빵을 주고 밥을 먹을 때도 "흘리면서 먹지 마라.", "손 깨끗이 씻어라.", 콧물 흘리지 마라." 등 잔소리할 뿐만 아니라 학교를 파하고 집에 갈 때도 손을 잡고 같이 가자고 하는 게 아닌가! 지금껏 누구에게도 간섭받지 않고 자유롭게 살아온 나는 빵 한 조각 아니 토스트 열 개와 짜장면 두 그릇 옥수수 열 자루에 공주님의 유혹에 넘어간 나의 경솔함을 가슴 치며 자책했지만 난 이미 공주님이 쳐 놓은 사랑의 거미줄에 묶인 것이었다.

미나는 우리 동네 반대편에 있는 골짜기 건너 동네에 사는 여자애였는데 미나의 아버지는 지금 성동공고가 있는 중앙시장 뒤쪽에서 헌 구두에 양초 녹인물을 입혀 새 것처럼 재생해서 팔았고 미나의 엄마는 금남시장에서 생선장사를 했는데 그 아줌마는 엄마보다 열 살 정도 어렸고 엄마를 친언니처럼 따라서 우리 집에 자주 놀러 왔다. 그때마다 미나도 같이 왔는데. 미나는 성격이 공주님과는 정반대로 아주 조용한 성격의 내숭쟁이었다….

교실 뒤쪽에서 보면 미나는 왼쪽 분단에서 뒤로 두 번째 자리에 내가 그 옆자리였고 공주님이 내 오른쪽 자리였는데 미나는 이상하게 조회할 때나 체육시간에도 내 옆에 서거나 정면에 서지 않고 항상 약간 떨어져 있곤 했다. 그리고 내가 여자친구들에게 그림을 그려 줄 때도 제일 나중에 와서 다른 친구들 몰래 속삭이는 목소리로 "일환아 그림 좀 그려 줘" 하고 부탁하곤 했다.

아무튼 그 사건 이후 미나와 나는 서먹해져 아무말도 안 했는데 가끔 눈을 마주치면 미나는 눈웃음을 쳤다. 그런데 공주님은 무언가 불안했는지 나하고 자리를 바꿔 미나하고 나를 원천봉쇄했다. 그리고 공주님은 집에 가서 국어숙제를 같이 하자고 했다. 그래서 국어숙제는 참고서 보고 베끼면 되고 시험도 어짜피 커닝할 건데 뭐하러 숙제를 같이 하냐고 하니까 갑자기 화를 내며 "너 또 그년 만나려고 하는 거지." 하는 게 아닌가! 그래서 누구 했더니 "미나 말이야." 하고 쏘아 부쳤다. 나는 너무 어이가 없었다.

사실 그동안 나는 공주님과의 애정행각 때문에 달동네 무림을 소홀히 했는데 그동안 무림에는 경천동지할 큰 사건이 발생했다. 나뿐만 아니라 제근이도 비철금속 수집사업에 바빠 무림에 자주 나가지 못했는데 그 사이 달동네에는 천호동에서 영삼이라는 애와 홍제동에서 경수라는 애가 새로 이사왔는데 이 애들은 둘다 호적이 잘못돼 실제 나이는 나보다 한 살이 많았지만 1학년 아래인 3학년이었다. 그런데 이 애들은 시골에서 이사 온 순진한 다른 애들과는 달리 완전히 "발랑" 까진 놈들이었다.

경수하고 영삼이는 나이도 우리들보다 한 살 많았지만 영양섭취를 잘해서인지 키도 크고 힘도 셌다. 그런데 이 애들은 학교에서 공부는 안 하고 '잡기'만 배웠는지 제기차기, 딱지먹기, 구슬치기 등 못하는 게 없었다. 특히 쌈치기, 홀짝을 아주 잘했다. 그날도 창신이 종현이, 창래, 셋하고 영삼이, 경수 둘이랑 쌈치기를 했는데 창신이가 무려 250원을 잃어서 종현이가 "개평 좀 달라."고 했더니 하는 말이 "병신이 꼴갑하네." 하고 비웃어서 싸움이 시작됐는데 세 명이 두 놈에게 작살나게 맞았다는 것이었다. 종현이는 소아마비를 앓아 힘을 못 썼고 창신이는 원래 체격이 작았다. 결국 창래 혼자 짱돌을 들고 싸웠지만 역부족이었다.

그리고 이놈들은 평소에도 우리들 보고 '거지 쌔끼들'이라고 업신여기고 아예 무시해 그렇지 않아도 한번 손을 볼 생각이었다. 그런데 전날 모여 '작업계획'을 세우는데 종현이가 어제 쌈치기 할 때 경수가 소매끝에서 '다마'를 꺼내는 것을 봤다고 했다. 결국 이놈들은 사기를 친 것이었다. 대장 제근이가 내일 '판돈' 1,000원짜리 큰 판이 벌어지니 무림의 협객뿐 아니라 강호의 야인까지 전부 집합시키라고 하였다. 무언가 큰일이 벌어질 것 같은 전운이 감돌았다. 그런데 어찌 내가 공주님하고 사랑놀음이나 한단 말인가! 내가 오늘은 급한 사정이 있어 하늘이 두 쪽 나도 숙제를 못한다고 하니 철부지 공주님은 내일부터는 매일같이 숙제한다고 약속을 하라고 억지를 부렸다. 그 속셈이야 뻔하지만 어쩔 수 없이 약속을 하고 부랴부랴 무림에 도착했더니 막 작업이 시작되었다.

달동네 유일의 비공식 무림 연무장인 맹철이네 앞마당에는 소림, 무당, 화산, 개방, 황룡, 영춘반점의 철가방파 등 무림의 내로라하는 문파의 장문인, 협객들뿐만 아니라 대파, 쪽파, 양파가게의 딸내미, 아들내미 등 강호의 불청객까지 입추의 여지없이 꽉 차 있었다. 그런데 뜻밖의 진객도 왔는데 공주님의 문파인 무림유일의 여협인 '아미파'를 대표해서 미나가 어느새 한 자리를 차지하고 가공할 눈웃음을 치고 있었다.

게임은 쌈치기로 하고 '판때기'에 올려 놓은 '놋돈'이 떨어지면 끝나는 이른바 '마이다시' 방식으로 정했다. 드디어 게임이 시작되었다. 처음에는 일진일퇴를 거듭하며 흥미진진하게 전개되더니…. 이상하게 게임이 계속될수록 제근이가 지기 시작하더니 거의 반이나 잃는 것이 아닌가! 제근이의 얼굴은 무섭게 일그러졌고 장내는 숨소리조차 나지 않을 만큼 긴장감이 흘렀다.

마지막 남은 판 돈을 모두 걸고 제근이가 "이찌 하고 쌈 갔어." "니 나오면 다 먹어!" 하자 경수가 "이찌 니 쌈 이찌 니 쌈…. 이찌 니! 히히히…. 다 먹었다!" 하는 순간 제근이가 "잠깐" 하더니 경수의 손목을 낚아채 비틀었다. 그 순간 경수의 옷소매에서 '다마'가 굴러 떨어졌다. "이 쌔끼가 어디서 사기를 쳐!" 하면서 제근이가 그 자리에서 1.5m가량 점프를 하더니– 나는 제근이하고 어릴 적부터 친구였고 제근이가 합기도의 고수라고 알고 있었지만 실제로 보기는 처음이었다. 합기도의 비급인 '가위차기'로 두놈의 턱을 그대로 강타했다. 두 놈이 썩은 짚단처럼 나가 떨어지자 그것을 신호로 우리들은 두 돼지 놈을 마구 두들겨 패기 시작했는데 어처구니 없게도 몇 대 때리지도 않았는데 바지에 오줌을 지리면서 "엉엉" 우는 게 아닌가! 이놈들은 춥지도 덥지도 않은 환경에서 때 맞추어 물 주고 거름 주어 키만 자란 온실 속에 화초같이 정신력이나 내공은 1도 없는 그저 덩치만 커다란 부자집 도련님에 불과했던 것이었다.

달동네 아이들은 일단 싸움이 나면 끝까지 싸웠지 우는 법은 없었다. 우는 것은 곧 지는 것을 의미했기 때문이었다. 울면서 "엄마한테 이를거야." 하는 게 아닌가! 그래서 내가 뺨을 약간 세게 "툭툭" 치면서 "너 이쌔끼 집에 가서 이르면 아주 '깽꼬'로 보낸다!" 하고 전문용어까지 써 가며 겁을 주자 새파랗게 질려서 "일환아 집에 가서 말 안할께 때리지만 말아 줘." 하길래 "이 새끼가 매를 덜 맞았나 어디서 3학년이 4학년한테 반말이야." 하고 엄포를 놓자 그제서야 조직의 무서움을 알았는지 "태산준령 같은 사형을 몰라본 소협의 무례를 용서하십시요." 하고 무릎 꿇고 빌었다. 이로써 무림의 정의는 바로 서고 다시 평화가 찾아왔다. 그래도 잃었던 250원을 다시 찾은 창신이가 2원짜리 삼강하드 50개를 사서 목마른 시주님들께 급수공덕을 베풀자 달동네에는 다시 웃음꽃이 피어났다.

어느덧 저녁 때가 되어 다 돌아갔는데 마지막까지 남아 있던 미나가 돌아가면서 무슨 쪽지 같은 것을 "툭" 떨어뜨렸다. 쪽지를 펼쳐 보니 이렇게 써 있었다….

"일환아 내일 학교 파하고 해병대산에서 만나 꼭 할 말이 있어." -미나가-

다음 날 미나를 만나려고 공주님한테 엄마 심부름으로 바빠서 오늘은 숙제를 못할 것 같다고 하자 의외로 공주님이 순순히 "바쁘면 할 수 없지 바쁘면 가 봐." 하는 게 아닌가! 그런데 "우리 엄마가 너 오면 준다고 계란찜을 했는데 어쩌나." 하고 나를 꼬셨다. 그 말에 어쩔수 없이 공주님의 유혹에 넘어가 처갓집이 아니고 내 짝의 집을 두 번째 방문하게 됐는데….

왕비님이 아주 반가워 하시면서 "일환아 너는 어쩌면 이야기를 그렇게 재미있게 하냐." 하시면서 또 이야기를 해 달라고 하셨다.

그래서 어제 있었던 제근이하고 내가 무림을 평정한 무용담을 구라를 섞어서 그럴 듯하게 했더니 왕비님이 넋을 놓고 듣고 있다가 겨우 정신을 차리시고 계란찜을 내오셨다. 나는 계란찜은 처음 먹어 봤는데 너무 맛있어서 입에 넣자마자 살살 녹았다. 그런데 좀 짜서 공기밥을 추가하려고 하니 사위사랑은 장모라고 했던가 어느 틈에 왕비님이 "따끈따끈"한 아끼바리 쌀밥을 지어 오셨다. 출출한 김에 밥 세 그릇을 먹고 숙제를 하기 위해 공부방으로 들어갔는데 내 짝이 방문을 걸어 잠그더니 갑자기 표정이 무섭게 변했다.

공주님은 무서운 얼굴로 "지금부터 내가 묻는 말에 솔직히 대답하면 용서하지만 만약 거짓말을 하면 너는 오늘 죽는 줄 알아!" 하고 엄포를 놓더니 "지금까지 나 몰래 미나를 몇 번 만났는지 솔직히 얘기해." 하는 거 아닌가! 그래서 내가 한 번도 만난 적이 없다고 하니 "어제도 그년이랑 만나는 걸 본 사람이 있고 미나가 너희 집을 매일 들락거리는 걸 본 사람이 한둘이 아닌데 거짓말을 해!" 하며 "레프트훅"으로 내 복부를 강타했다. 내가 극심한 통증에 상체를 앞으로 꺾자 무릎으로 내 얼굴 강타했다. 내가 오뉴월 논둑의 개구리처럼 뒤로 나가 자빠지자 이번에는 배 위에 올라타서 엉덩이를 마구 비비더니 뜬금없이 미나하고 신혼여행 가서 첫날밤에 어떻게 했는지 자세하게 얘기하라는 게 아닌가 나는 너무 어처구니가 없었다. 그래서 미나가 우리 집에 오는 건 자기 엄마가 올 때 따라오는 것이고 미나하고 결혼도 안 했는데 무슨 신혼여행을 가고 또 첫날밤은 뭐냐고 하니까 "내가 너희 둘이 교실에서 결혼식 하는 걸 두눈으로 똑똑히 봤는데 거짓말을 하냐." 하더니 이번에는 주먹으로 내 얼굴을 마구 때렸다. 내 코에서는 코피가 마구 나왔다. 불쌍하게도 공주님은 질투심 때문에 과대망상증에 걸린 것 같았다.

체위를 바꿔 자기 가랑이 사이에 내 팔을 끼우고 유도의 비급인 '십자꺾기'로 내 팔을 꺾더니 신혼여행은 어디로 갔는지 빨리 실토하라고 고문하기 시작했다. 나는 팔이 부러질 것 같은 고통을 참지 못하고 거짓으로 '온양온천'으로 신혼여행을 갔다고 하니까 "온천으로 갔으면 둘이 발가벗고 목욕도 했겠군." 하고 자기 마음대로 소설을 쓰더니 이번에는 키스는 어떻게 했는지 자백하라는 것이 아닌가! 너무 기가 막혀 아무 말도 안 하자 공주님이 "내가 조금만 힘을 더 주면 네 팔은 부러져." 하면서 힘을 주는 순간…. "똑똑" 노크소리가 나면서 왕비님이 "애들아 종합격투기 놀이 그만하고 수박 먹어라." 하는 바람에 간신히 풀려날 수 있었다.

그래도 왕비님이 돌아가는 길에 식빵하고 과자를 싸 주시면서 동생들과 같이 먹으라고 하셨다. 새삼 왕비님의 자상한 배려에 감동의 '쓰나미'가 마구 밀려왔다. 서둘러 집으로 돌아가는데…. 해병대산 바위 뒤에서 누가 들릴듯 말듯 한 작은 목소리로 "일환아." 하고 불러서 돌아보니 미나가 그때까지 나를 기다리고 있었다. 나는 공주님과 무공연마에 정신이 없어서 미나와 한 약속은 까맣게 잊고 있었다….

공주님과 러브스토리가 시작되기 전에는 나도 그냥 다른 달동네 아이들처럼 다마치기나 딱지따먹기를 하거나 금호극장 입구에서 죽치고 있다가 아는 어른이라도 만나면 째비쳐서 들어가 「용팔이시리즈」 또는 「홍콩의 왼손잡이」, 「명동일번지」, 만주벌판에서 독립군하고 일본관동군이 싸우는 시리즈 같은 액션 영화를 즐기거나 TV 만화영화나 좋아했지 여자애들에게는 관심이 1도 없었다. 그리고 미나는 워낙 조용한 성격에다 자기 엄마를 쫓아서 우리 집에 오면 언제나 "울다가 울다가 지쳐서 꽃잎은~~ 빨~가아아케~ 멍이 들었네." 하는 이미자의 동백아가씨 노래만 지겹게 불러서 별로 좋아하지 않았다. 그런데 늦어서 미안하다고 하니까 오히려 미나는 자기 때문에 내가 공주님한테 맞는 게 미안하다고 하면서 앞으로는 자기는 신경 쓰지 말고 공주님이나 잘해 주라고 하는 게 아닌가! 그 말을 듣자 갑자기 미나가 예뻐 보였다. 그리고 미나는 원래 얼굴이 주근깨 투성이였는데 자세히 보니 엄마 화운데이션을 바른 것처럼 얼굴이 뽀얗고 입술도 빨간 립스틱을 바른 것 같았다. 그리고 마지막 선물이라고 하며 손수건을 주면서 누런 콧물 "줄줄" 흘리고 다니는 게 보기 싫으니 앞으로는 코 좀 잘 풀라고 하였다. 미나와 헤어져 집으로 돌아오는데 전파사 스피커에서 이런 유행가가 흘러 나왔다. 사나이 우는 마음을~~ 그 누가 아랴~ 바람에~ 흔들리는 갈대의 순정~~

며칠 뒤 학교에서 미나가 준 손수건으로 코를 푸는데…. 공주님이 손수건을 빼앗더니 "너 이 손수건 어디서 났어" 하고 화가 난 표정으로 물어봤다. "내가 샀어" 하니까 공주님이 "얼마 주고 샀어" 하는 게 아닌가! 당황해서 대답을 못하고 "우물쭈물" 하니까 "야! 너는 돈이 생기면 만화책을 보거나 아이스케키를 사 먹지 손수건 살 애가 아니야!" 하더니 옆에 있던 미나의 머리채를 잡고 "야 이거 니가 사 줬지. 내가 분명히 경고 했지 일환이 다시는 만나지 말라고." 그 순간 미나가 무림여협 아미파의 고수답게 공주님의 손등에 있는 급소에 일격을 가하고 팔목을 비틀어 집어 던지더니 싸늘한 비웃음을 날리면서 "그래 내가 사 줬다. 어쩔래 일환이가 니 애인이라도 되냐!" 하는 게 아닌가.

의표를 찌르는 경천동지할 반격에 심각한 내상을 입은 공주님이 비틀거리면서 "일환이는 내 짝이고 내가 먼저 찜했어." 하니까 미나가 "야! 웃기지마! 나는 일환이하고 너보다 훨씬 전부터 친구였고 우리는 결혼식도 한 사이야. 글고 일환이가 너보다 나를 더 좋아한다고 했어!"라고 없는 말도 지어 내서 하는 미나를 보니 소름이 "쫙" 끼치며 공주님보다 더 무섭다는 생각이 들었다. 미나가 바닥에 떨어진 손수건을 줍더니 "일환아 손수건 깨끗이 빨아서 이따 너희 집으로 갖다줄게." 하면서 마지막 일격을 공주님께 날렸다.

제대로 카운터 펀치를 '한방' 먹은 내 짝은 기가 막히는지 아무 말도 못했다. 그 뒤로 공주님은 풀이 죽어 잔소리도 안 하고 집에 가서 숙제하자는 말도 안 했다. 아무튼 나는 오랜만에 엄처시하(?)에서 벗어난 자유를 만끽하며 그동안 바빠서 못 봤던 만화도 보고 TV도 보고 또 미나에게 만화도 그려 주며 재미있게 놀았다. 그런데 며칠 뒤 학교에서 돌아오니 엄마가 술에 약간 취한 목소리로 "니 여자 친구 왔다." 하길래 나는 미나가 온 줄 알고 방 안에 들어가 보니까 이럴 수가! 너무 놀라서 뒤로 넘어질 뻔했다. 공주님이 가공할 눈웃음을 치며 "일환아 오늘부터는 너의 집에서 숙제할거야." 하는 게 아닌가.

　너무 당황해서 어찌할 바를 모르겠는데 엄마는 뭐가 좋은지 연신 "싱글벙글" 웃으며 "아버님은 무얼 하시냐 식구는 누가 있냐." 하면서 호구조사를 하더니 농담인지 진담인지 내일 부모님을 만나서 결혼날짜를 잡자고 하시는 게 아닌가. 나는 너무 어이가 없어서 공주님은 그냥 "짝이고 숙제하러 온 건데 도대체 무슨 말을 하시는거냐."고 하니까 엄마는 엉뚱하게 "옛날 같으면 니 나이에 장가가서 애를 몇을 낳았다."고 하면서 엄마가 하는 대로 그냥 가만히 있으라고 하셨다.

　그런데 더 기가 막힐 일은 공주님은 뭐가 좋은지 "호호혜혜" 웃으면서 엄마하고 맞장구를 치는 게 아닌가! 그때 미나 엄마가 미나를 데리고 들어오면서 "성님 저 와써에 오늘 무슨 좋은 일 이쓰에 웃음소리가 대문 밖까지 들리네예.” 하자 엄마가 “동생 어서와 오늘 일환이 색시감이 와서 기분 좋아서 한잔 하고 있는 중이야.” 하니까 미나엄마도 덩달아 “셋째 며느리가 참 참하게 생겨네예.” 하고 아예 혼인신고에 호적정리까지 하는 게 아닌가 무심코 따라 들어오다 이 광경을 본 미나가 울면서 뛰쳐나갔다….

내가 잡으려고 하니까 미나 엄마가 “고마됐다. 그냥 냅도라. 저 가시내. 며칠 전부터 미니 스까또 지 똥꼬치만지 사달라는거 안 사줘더니 삐진기라.” 하더니 50원짜리를 주면서 금남시장에 가서 순대 30원어치 하고 막걸리 한 주전자를 받아 오라고 하자 엄마가 “아유 동생이 왜 술을 사 내가 사야지.” 하니까 미나 엄마가 “아임니더. 그동안 내가 맨날 얻어 묵었는데 오늘은 성님 세째 며느리 본 기념으로 제가 사겠심더.” 하고 우겼다.

아무튼 금남시장에 가서 30원중에 5원은 유료 TV 시청료로 삥땅치고 순대 25원어치를 사면서 간, 허파 같은 내장도 덤으로 많이 받아 왔다. 이윽고 엄마하고 미나엄마는 술이 취해서 잠이 드셨고 공주님을 배웅하러 가는 길에 해병대산 입구에 막 도착했는데…. 미나가 갑자기 나타났다. 얼마나 울었는지 눈이 “퉁퉁” 부어 있었다. 공주님을 보더니

"야 여기가 어딘 줄 알고 설쳐." 하면서 무림의 고수답지 않게 머리카락을 두 손으로 움켜쥐고 마구 흔들었다. 공주님도 본능적으로 미나의 머리카락을 움켜쥐고 땅바닥에 넘어져 "떼굴떼굴" 구르면서 서로 잡아먹을 듯이 마구 싸웠다. 미나는 그런 가냘픈 체구에서 어떻게 그런 가공할 힘이 나오는지 놀라울 뿐이었다.

둘을 간신히 뜯어 말리고 집으로 돌아왔더니 미나 엄마는 돌아가고 엄마가 "니 친구 숙제하러 왔다더니 벌써 갔냐." 하시는 게 아닌가. 우리 엄마는 술 취해서 한 말은 술 깨면 다 잊어버리는 습관이 있었다. 결국 공주님하고 결혼 "운운"한 이야기도 술 취해서 한 얘기였다. 미나가 걱정되서 미나네 집으로 갔더니 미나의 온몸이 상처투성이였다. 급히 집에 가서 누나가 쓰는 "광범위 피부치료제 박테로신" 연고를 가져다, 발라 주려고 하자 미나가 아주 냉정한 표정으로 뿌리치더니 "야 나 같은 건 죽든 말든 너는 신경 쓰지 말고 니 짝에게나 가 봐. 이제 결혼식 날짜도 잡혔으니 바쁠 것 아니야!" 하는 게 아닌가. 그래서 "그건 그냥 어른들이 술 취해서 한 농담이야." 했더니 미나가 "농담 좋아하시네! 아까 보니까 너도 같이 '히히덕'거리면서 아주 깨가 쏟아지던데." 하면서 더욱 화를 냈다. 내가 "그건 오해야 나는 내 짝을 1도 안 좋아하고 너만 좋아해." 하니까 그때서야 화를 조금 풀더니 주머니에서 문방구에서 파는 3원짜리 장난감 반지 2개를 꺼내면서 이 자리에서 지금 당장 정식으로 약혼식을 올리자고 했다.

거절했다가는 또 어떤 불상사가 생길 줄 몰라 울며 겨자 먹기로 승낙하니까 엄희자 만화에 나오는 것처럼 자기손등에 '키스'하고 무릎을 꿇고 반지를 끼워 달라고 했다. 약혼식을 끝내고 미나가 준비한 약혼식 피로연 음식으로 5원짜리 삼립 크림빵 1개씩을 먹고 나니 그때서야 기분이 풀리는지 자기는 몸매가 날씬해서 미니스커트를 입으면 공주님보다 훨씬 이쁘고 공부도 잘한다고 자랑하면서 내 짝은 시험 볼 때 커닝을 하고 다리도 '무다리'에다, 아까 싸울 때 보니 '똥배'도 나온 것 같다고 흉봤다. 그러면서 앞으로 약혼반지를 항상 끼고 다녀야지 만약에 빼면 자기는 "확" 죽어 버릴 거라고 공갈 협박도 했다…. 저녁 때 유료 TV극장에서 「웃으면 복이와요」라는 코미디 프로를 보는데 '땅딸이 이기동'이 이런 말을 하면서 웃겼다. "아! 어디론가 멀리 멀리 가고 싶구나." 그 말이 꼭 내 마음 같았다….

"야! 일환아 그만 자고 일어나!" "엥 뜬금없이 이게 무슨 소리야?" 나는 급히 정수리에 있는 백회혈부터 발바닥 용천

혈까지 기를 순행하여 정신을 차리고 주위를 살펴보니 황당하게도 내 아내가 아니고 내 짝이 정성스럽게 싸다 준 맛있고 영양가 많은 점심을 먹고 따뜻한 오후 햇살에 잠이 들어 꿈을 꾼 것이었다. 공주님이 자기 집에 가서 숙제를 할 거냐고 물어보길래 며칠 전에 공주님 몰래 미나하고 비밀약혼식을 올린 것도 미안하고 오랜만에 토스트도 먹고 싶어 공주님 집을 방문하게 되었다. 그런데 대문을 들어서자마자 공주님이 주먹만 한 자물쇠로 대문을 잠그는 게 아닌가! 그리고 평소 같으면 반갑게 맞이 해 주시던 왕비님도 안 보여 물어보니 "응 우리 엄마는 외할머니 생신이라 외갓집 가셨어." 하였다. 그렇다면 이 집에는 공주님하고 나 단둘만이 있다는 이야긴데 나는 어쩐지 깊은 수렁에 빠진 느낌이었다.

목욕탕에서 씻고 나왔더니 공주님이 어느새 야한 드레스로 갈아입고 웃으면서 "일환아 반지 이쁜데 어디서 나써?" 하고 물어보길래 "응 주웠어." 하는 순간 내 눈탱이에 불이 "번쩍" 하고 튀겼다. 공주님이 분노의 일장을 내 아구통에 날린 것이었다. "야! 가만히 있으니까 내가 바보로 보이냐. 바른 대로 얘기 못 해." 그래서 "아니야 진짜 주웠어." 하니 "미나도 똑같은 반지를 며칠 전부터 끼고 있던데 너희 둘이 약혼이라도 했냐?" 하고 따지는 게 아닌가. 공주님은 이미 모든 걸 다 알고 있는 것 같았다. 더 이상은 속일 수가 없어서 미나의 자살한다는 협박에 못 이겨 약혼식을 올리고 오복상회에서 사 온 5원짜리 크림빵 1개씩을 약혼식 피로연 음식으로 먹었다고 하니까 공주님이 "깔깔깔깔" 웃으며 "아유 애가 왜 이렇게 바보같냐. 미나가 죽긴 왜 죽어 그건 너를 꼬시려고 거짓말을 한 거야." 하더니 약혼반지를 빼서 쓰레기통에 집어 던지고는 그런 엉터리 약혼말고 오늘은 자기하고 진짜 결혼식을 올리자고 했다.

그래서 "공주님 우리들은 아직 자라나는 어린 새싹들이어요. 그리고 저는 공주님을 먹여 살릴 능력도 없으니 결혼은 어른이 된 다음에 하고 오늘은 일단 약혼식만 해요." 했더니 공주님은 그런 걱정은 말고 여우 같은 미나가 또 무슨 짓을 할지 모르니 오늘은 꼭 결혼식을 해야 한다고 마구 강요했다. 그러면서 반지, 케익 등 예식준비도 다 돼 있고 마침 오늘은 왕비님도 없으니 오늘 꼭 해야 한다고 했다. 나는 속으로 내 짝의 용의주도함에 경악하며 공부는 못하는 게 이상한 쪽으로만 두뇌가 발달했다는 생각이 들었다. 그래서 "저 공주님이 질문이 있는데요." 했더니 공주님이 들뜬 표정으로 "응 뭐 신혼여행은 어디로 가냐고?" 하길래 "그게 아니고 저 케익 위에 있는 꽃장식은 먹을 수 있는 거예요?"

하니까 공주님은 김이 "팍" 샜다는 표정으로 "너는 어떻게
된 애가 먹는 것밖에 모르냐." 하면서 막 화를 냈다. 아무
튼…. 이미 공주님이 이중삼중으로 쳐 놓은 그물에 걸려든
나는 어쩔 수 없이 강제로 결혼식을 하게 되었다….

　공주님의 주먹이 무서워 아니 솔직히 말하자면 웨딩케이
크가 먹고 싶어…. 자의 반 타의 반으로 결혼식을 올리게 되
었다. 태국, 말레이지아, 월남, 버어마, 라오스 등 동남아
각국에 수출되어 대호평 받고 일본 '산요전자'와 기술제휴
한 달동네 판자집 2채 값보다 비싼 12만 원짜리 '별표전축'
에서 "딴따따단~ 딴따따단~ 속았구나~ 속았구나~ 처녀인
줄 알았는데 과부였구나~ 딴따따단~ 딴따따단~ 속았구나
~ 속았구나~ 총각인 줄 알았는데 유부남이었네~"라는 결
혼행진곡이 화려하게 울려 퍼지는 가운데….' 공주님 손등
에 키스하고 무릎을 꿇고 반지도 끼워 주고 목걸이도 걸어
주고 별걸 다 공주님이 시키는 대로 다 해 주고 결혼식이 끝
났다.

　드디어 웨딩케익을 자르고 케익을 먹었다. 가장 궁금했던
케익 위에 있는 꽃장식은 먹을 수는 있었는데 그냥 설탕맛
이었다. 정신없이 케익을 먹는데…. 공주님이 자기는 거들
떠보지 않고 케익만 먹는다고 화를 내며 "지금 당장 이혼이

야!"라고 하는 게 아닌가!

공주님과 결혼과 동시에 이혼하고…. 며칠 뒤 그날은 집에 쌀이 떨어져 도시락도 못 싸 오고 점심시간에 배가 너무 고파 혹시나 하고 공주님 눈치를 살피는데 내 짝은 냉정한 표정으로 나를 아예 무시했다. 그런데 눈치 빠른 미나가 공주님과 나 사이에 무언가 다른 분위기를 느꼈는지 "일환아 니 짝 아빠가 회사에서 짤렸나 봐. 네 도시락도 못 싸 오고 이거라도 먹을래?" 하면서 5원짜리 단팥빵을 주었다. 나는 배가 너무 고파 "허겁지겁" 단팥빵을 먹고 미나에게 "고마워." 했더니 미나가 오랜만에 그림을 그려 달라고 해서 공주가 앙드레김 드레스를 입고 머리에는 미쓰코리아 왕관을 쓰고 팔은 45도 각도로 벌리고 눈웃음을 치고 있는 엉터리 그림을 그려 주었더니 그동안 공주님이 무서워 눈치만 살피고 있던 영옥이, 순자, 미숙이, 세진이 같은 여자친구들도 그림을 그려 달라고 했다.

그래서 그림을 그리다가 갑자기 장난기가 발동해 공주를 바보처럼 그려 놓고 어제 TV에서 본 "의리의 사나이 돌쇠" 장욱제 흉내를 내면서 바보처럼 "공주님 미워요." 했더니 여자친구들이 "까르르" 하면서 웃었다. 그런데 왼쪽 관자놀이에 무언가 레이저 광선을 쏘는 것 같은 따가운 느낌에 왼쪽으로 고개를 돌려 보니 내 짝이 무시무시한 눈빛으로 나를 잡아먹을 듯이 노려보는 것이 아닌가! 다른 여자애들은 공주님의 눈빛이 무서워 제자리로 돌아갔지만 미나는 오히려 재미있다는 듯이 "일환아 이따 밤에 너의 집에 놀러 갈께." 하면서 공주님의 약을 올렸다.

하굣길에 복음병원 옆을 지나가는데 누군가 "야 우일환." 하고 불러서 보니까 공주님이 건물 사이에 난 좁은 길에서 손가락을 "까딱까딱" 하면서 "야. 너 이리와 봐." 하며 나를 불렀다. 그런데 그 길은 너무 좁아 둘이 들어가니 "꽉" 끼었다. 내가 큰 길로 가자고 하니 공주님이 "가만히 있어." 하면서 "너 내가 분명히 경고 했지. 미나하고 놀지 말라고." 하는 게 아닌가. 그래서 "이제 이혼했으니 남남인데 신경쓸 것 없잖아." 하니까 "이혼했건 말았건 무조건 미나하고 놀지 말고 그 여우 같은 년이 사주는 빵도 먹지 마. 내일부터는 다시 점심을 싸 올께." 했다. "알아써." 하고 돌아가려는데 공주님이 "잠깐." 하더니 공주님은 기습적으로 내 입술에 '뽀뽀'를 하고는 경천동지 하고 가공할 애교를 떨었다. 나는 속으로 내 짝은 변덕이 너무 심한 애라고 생각됐다.

집에 돌아온 나는 대문을 열고 가방을 마루를 향해 힘껏 집어던지자 가방이 공중에서 "휘리릭" 하고 3회전 하더니 마루에 정확히 착지했다. 나는 뒤도 안 돌아보고 달동네 무림 연무장으로 달려갔다. 달동네 무림은 기존의 '무림5걸' 외에 경수, 영삼이 같은 사제들이 새롭게 형제의 연을 맺음으로 해서 '무림7협'으로 확대개편되었다. 우리들은 비록 4학년이지만 무림의 실세중의 실세였다. 합기도 진중관 검은띠로 새로 승단한 실전무술의 최강자 제근이를 비롯해 모두 한 가닥씩 하는 친구들이었다. 그리고 무엇보다 우리들에게는 명문 덕수중학교 우등생에다 유도, 태권도의 유단자인 명실공히 자타가 공인하는 문무를 겸비한 큰형의 든든한 '빽'이 있었다. 5, 6학년 형들은 물론 중학교 심지어 고등학교 형들도 우리들을 함부로 못했다. 제근이가 새롭게 완성한 복싱을 응용한 원, 투, 초식도 연마하고 "도리짓고 땡"을 본따서 새로 만든 "짓고땡 딱지먹기"도 하면서 재미있게 놀았다.

그런데 우리 집 아래 이국이네 아랫집에 '민희'라는 애가 충청도 시골에서 새로 이사 왔다. 그 애는 학교도 새로 개교한 금옥국민학교였고 '나와바리'도 아랫동네에 속했는데 이상하게 달동네 무림 연무장인 맹철이네 앞마당으로 놀러왔다. 민희는 공부는 못하는 편이었지만 손재주가 아주 좋아 뜨개질, 종이접기는 물론 종이로 꽃을 접으면 진짜하고 똑

같았다. 생긴 것은 갸름한 얼굴에 날씬했는데 그 애는 언제나 무표정한 얼굴이었다. 민희에게는 2살 위의 오빠 '민수'가 있었는데 웃기는 게 둘은 같은 4학년이었다. 민수는 키가 크고 얼굴이 영화배우 '최무룡'처럼 생긴 미남형이었는데 이 애는 남자애들하고는 안 놀고 자기 동생하고 여자애들하고만 놀았다. 그런데 이놈은 순진한 건지 건방진 건지 우리들하고는 얘기조차 안 하고 나보고는 자기네 집안은 양반이고 '우씨'는 상놈이라고 하는 게 아닌가!

나는 너무 어처구니가 없었다. 양반 상놈의 구분 없어진지 100년이 다 됐는데 아직도 그런 걸 따지는 사람이 있다는 게 너무 신기했다. 아무튼 우리들은 이 자식에게 '조직의 쓴맛'을 한번 보여 주기로 했다.

집에 가서 엄마한테 '민수'가 우리는 상놈이라고 했다고 하니까 엄마는 그런 이야기는 '옛날 고려적' 이야기라고 하면서 지금은 돈 많은 사람이 양반이고 돈이 없으면 상놈이지만 지금도 시골에는 양반 상놈 따지는 곳이 있다고 하셨다.

그러면서 민희네가 "이국이네 아랫집에 새로 이사 온 집이지." 하고 물었다. 내가 "네." 하니까 엄마가 민희 엄마를 안다고 하시면서 그 아줌마는 집에 물 한방울 없이 깨끗이 치우고 남한테는 손톱만큼도 경우에 벗어나는 일을 하지 않는 여자라고 하면서 "너같이 '질질' 흘리고 다니는 애는 '민희'같이 반듯하고 야무진 여자를 색시로 얻어야 잘 살 수 있다."고 하셨다. 나는 도대체 엄마가 무슨 말을 하는지 알 수 없었다. 나는 '민수'를 어떡하면 혼내 줄까 하는 생각뿐이었다.

그런데 일이 며칠 뒤 엉뚱한 곳에서 터졌다. 그날도 나는 엄마 심부름으로 금남시장에서 막걸리 한 되하고 순대를 사 가지고 오면서 주전자 꼭지에 입을 대고 막걸리를 "쪽쪽" 빨아 먹다 보니 어느덧 얼큰하게 취기가 올라와 나의 18번인 "어디 어디 어디에서~ 날라왔나~ 황금박쥐~ 빛나는 해골에~ 빤스하나~ 걸치고~ ⋯."라는 만화영화 「황금박쥐」 주제가를 부르며 가는데⋯. 민수하고 민희가 '메리'네 집앞에서 "벌벌" 떨면서 꼼짝 못하고 있었다.

메리는 달동네하고 금남시장 중간쯤에 있는 집에서 기르는 진돗개였는데 메리는 아주 영리하고 사나와서 달동네에 사는 사람들에게는 안 짖지만 조금이라도 낯선 사람들에게는 무섭게 달려드는 개였다. 평소에는 그 집 대문이 닫혀 있었지만 그날따라 대문이 열려 메리가 길까지 뛰쳐나와 무섭게 짖는 것이었다. 나는 평소에도 개를 좋아하고 메리에게 순대 허파나 간을 주면서 친하게 지내 나를 보더니 꼬리를 치며 반가워했다. 내가 메리를 꼭잡고 "자 이제 괜찮아. 얼른 지나가." 하니까 민수하고 민희는 "벌벌" 떨면서 간신히 지나갔다. 민수하고 민희가 "너 아니였으면 큰일날 뻔했다." 하면서 몇 번이나 고맙다고 인사를 했다. 나는 무슨 큰 일이라도 한 것처럼 가슴이 뿌듯했다.

그런데 그날 저녁에 민희가 "일환아." 하고 부르는 소리에 나가 보니 시루떡을 들고 엄마를 찾길래 "엄마. 민희가 떡을 가져왔어요." 하니까 엄마가 아주 반가워하며 민희를 집안으로 들어오라고 하셨다. 민희가 "시골에 있는 삼촌이 가져온 건데 아까 낮에 오빠하고 제가 개에게 물릴 뻔한 걸 일환이가 구해 줘서 엄마가 고맙다고 맛이라도 보시라고 하셨어요." 하니까 "그런 일이 있었구나. 엄마한테 잘 먹겠다고 해라." "민희는 엄마를 닮아서 어쩌면 이리 예쁘냐." 하면서 십 원짜리 비행기를 태웠다. 민희가 돌아가면서 "일환아 나하고 밖에서 얘기 좀 하자." 하니 엄마는 괜히 좋아서 "일환아. 어서 나가서 민희하고 놀다 와라." 하시며 김칫국부터 마셨다.

민희가 자기는 어려서 개한테 물린 적이 있어 메리가 너무 무서워 금남시장에 갈 때 자기하고 같이 가자고 했다. 그래서 "너희 오빠가 무림칠협을 비웃고 나보고 상놈이라고 욕을 해. 지금 모두들 벼르고 있으니 조심해라." 하고 경고하니까 자기는 그런 일이 있었는 줄 몰랐다고 하면서 돌아갔다. 다음 날 무림의 제현들이 운집해 무공연마를 하는 일방으로 "짓고땡 딱지먹기" "섯다 구슬치기" 등의 사행성 놀이로 재테크를 즐기는데 민수가 삶은 고구마를 한 바가지 들고 와서 "태산준령 같은 무림사조를 몰라보고 경거망동한 소협을 하해 같은 아량으로 용서하십시오." 하고 정중히 사과하는 것이 아닌가! 우리들은 당황했다. 대개 이런 경우 끝까지 개기다가 ㅈ나게 얻어터지고 "찔찔" 짜거나 아니면 서로 욕을 하면서 원수지간이 되기 때문이었다. 나는 속으로 '과연 양반집 자식은 뭐가 틀려도 틀리구나.' 하고 생각했다.

그런데 자세히 보니 민수는 인물이 영화배우 최무룡과 남궁원을 반반씩 섞어 놓은 것처럼 잘생겼고 목소리도 「갈대의 순정」을 부른 박일남과 임채무의 목소리를 반반씩 섞은 듯한 부드러운 저음이었다. 남자인 내가 봐도 반할 정도였다. 이러니 여자애들은 오죽하랴….

민수가 무림에 입문하자 걔를 따라다니던 오빠 부대 여자애들 6~7명도 같이 입문했다. 눈치 9단의 '빠꼼이' 미나도 어느새 입문해 민수 옆에 "찰싹" 붙는 게 아닌가! 나는 너무 어이가 없었다. 그런데 그 여자애들은 민수보다 2~3살 많은 중학교 심지어 고등학교 누나도 있었다. 물론 민수가 나보다 두 살 많고 키도 키서 웬만한 중학생보다 체격이 좋았지만…. 나는 왠지 "찜찜" 했다. 민수는 무공연마보다는 아이들하고 도리짓고땡이나 섰다 같은 노름을 더 좋아했다. 원래 달동네 노름판에서 미나 동생 '버스대가리 짱구'가 내 밥이었는데 짱구의 본명은 용옥이였다. 그런데 아기 때 술에 취해 잠든 미나 엄마의 다리에 머리를 눌려 옆머리가 버스처럼 납짝하게 생겨서 내가 '버스대가리 짱구'라고 별명을 지어 주었다. 암튼 민수는 짱구에게도 맨날 돈을 잃고도 그 다음 날에는 어디서 돈이 나는지 노름 밑천으로 100원 정도 되는 큰돈을 들고 왔다.

그래서 민수네가 큰 부잣집인 줄 알고 물어보니 자기네 집은 시골에서 머슴도 여러 명 두고 농사를 짓던 큰부자집이었는데 큰누나가 동국대학교에 합격하고 둘째, 셋째 누나도 서울여학교에 합격하여 아예 서울로 이사왔다고 하길래 내가 "그런 큰 부자면 좋은 동네로 이사하지 왜 달동네로 왔냐."고 물으니 급하게 이사 오는 바람에 달동네로 왔지만 곧 큰 기와집을 사서 이사할 거라고 큰소리를 쳤다. 그런데 민수는 옷도 좋은 것만 입고 돈도 잘 쓰지만 누이동생 민희는 옷도 시장에서 파는 저렴한 것만 입고 일 원짜리 한장 마음대로 쓰는 것을 본 적이 없어 점점 더 이상한 생각이 들었다.

금남시장에 갔다 오는 길에 민희에게 집안 사정을 물어보니 시골에서 제법 크게 농사를 지어 아쉬운 것이 없었고 민수는 1남 5녀 중 외아들인데 인물도 어려서부터 잘 나서 집안 식구뿐만 아니라 온동네 사람들의 귀여움을 독차지하며 그야말로 왕자님처럼 애지중지 귀하게 컸다고 했다. 그런데 아버지가 몇 년 전에 일을 하다 허리를 다쳐 농사를 못 짓게 된 뒤로 가세가 기울어 세 언니도 다니던 학교도 중퇴하고 큰언니는 미싱사로 둘째, 셋째 언니는 시다로 평화시장에 취직해 시골에 있는 땅과 집을 팔아 간신히 방 2개짜리 전세를 얻어 달동네로 이사 왔다고 했다.

그럼 민수의 노름 밑천은 누가 주냐고 물어보니까 갑자기 얼굴 표정이 암사자처럼 무섭게 변하더니 "야! 그건 나한테 묻지 말고 오빠한테 직접 물어봐." 하며 쏘아붙쳤다. 그 모습을 보니 등줄기에 소름이 "쫘악" 끼쳤다. 가만히 생각하니 결정적인 단서는 아무래도 민수를 "졸졸" 따라다니는 미나가 쥐고 있을 것 같았다.

그다음 날 자기 엄마를 따라 우리 집에 놀러온 미나를 해병대산으로 불러내서 민수는 돈이 어디서 나오냐고 물어보니 갑자기 표정이 어두워지면서 대답을 안 하길래 내가 끝까지 "꼬치꼬치" 캐물으니까 울면서 하는 말이 민수는 자기 같이 가난한 집의 애들은 거들떠보지도 않고 부잣집 언니한테는 "누나 사랑해." 하고 꼬셔 돈을 꾸어 쓰고 갚지 않는다고 했다. 꼬임에 넘어간 언니 중에는 고등학교 등록금까지 꾸어 주고 못 받은 사람도 있다고 하면서 자기 동네에서도 그런 식으로 빚을 지고 달동네 무립으로 왔다고 했다.

공자님 말씀에 배우지 않고도 아는 자는 '상지상'이라고 했는데 그런 관점에서 보자면 민수는 천재적인 '꼬마제비'라는 생각이 들었다. 개가 핥은 '죽사발'같이 번지르한 녀석의 얼굴과 느끼한 목소리를 생각만 해도 "토"가 나올 것 같았다. 그런데 미나가 엉뚱하게 "일환아! 나하고 파혼 안 할 거지?" 하는 게 아닌가! 나를 헌신짝처럼 버리고 민수한테 갈 때는 언제고…. 나는 너무 어이가 없어, "야! 지금 그게 뭐가 중요하냐." 했더니 미나가 "응 나는 그게 중요해." 하는 게 아닌가. 그동안 나를 배신하고 민수를 따라다닌 소행을 생각하니 괘씸해서 미나의 엉덩이를 "뻥" 차면서 "야! 꺼져." 하고 싶었지만 울고 있는 가난한 미나가 불쌍한 생각도 들고 또 이번 사건을 해결하는 데 큰 공을 세운 점을 정상 참작해 "그래. 알아써. 파혼 안 할께." 하고 마음에도 없는 약속을 하고 말았다. 그랬더니 미나가 말로만 약속하지 말고 실제로 증명하라고 했다. 그래서 "야 어떡해 증명해." 하니까 여기는 보는 사람도 없는 조용한 곳이니 자기 입술에 "뽀뽀" 해 달라고 했다. 나는 너무 어처구니가 없었지만 미나 보고 "알았어. 뽀뽀 해 줄 테니 눈을 꼭 감고 절대 뜨지마." 했더니 미나가 "고마워." 하면서 눈을 감았다. 순대를 사면서 덤으로 얻어 온 "따끈따끈" 허파로 입술을 비볐더니 미나가 "아! 일환아 네 입술이 뜨겁고 부드러워. 그런데 너 순대 먹었니. 네 입술에서 순대 냄새가 난다."고 했다.

　성질 같아서는 민수의 턱을 돌려차기로 날려 주고 싶었지만 그동안 정도 들었고 또 무림에 재정적인 기여를 한 점도 고려해 영구제명하고 추방하는 선에서 마무리 짓기로 하였다. 하지만 민수 덕분에 달동네 도박판의 물은 한결 좋아졌다. 그리고…. 며칠 뒤 운이 좋았는지 짱구하고 쌈치기를 해서 거금 30원을 땄다.

　그날 엄마 심부름으로 금남시장에 갔다가 우연히 민희를 만났다. 그런데 민희가 커다란 채소보따리를 들고 "쩔쩔"매길래 같이 들고 오다가 떡볶이 10원어치를 사서 둘이서 같이 먹었다. 또 리어카에서 반지나 목걸이 머리핀 등을 파는 액세사리 장사가 있었는데 민희가 머리밴드를 "만지작"거리길래 머리밴드하고 예쁜 목걸이도 사 주었다. 그러자 민희가 갑자기 내 팔짱을 끼더니 웃으면서 가공할 애교를 떨었다. 나는 생전 처음 여자애하고 팔짱을 껴서 기분이 이상했다. 어쩐지 신혼부부 같은 생각이 들었다. 그동안 자기는 내가 싸우는 얘기만 하고 누런 콧물을 "찔찔" 흘려 공부도 못하는 나쁜 아이인 줄 알았다고 했다. 자기네 집은 오빠가 맨날 사고를 쳐 그 뒤치닥거리를 하느라고 자기는 언니가 입던 헌 옷만 입고 떡볶기도 그동안 먹고 싶었는데 오늘 처음 먹어 보는 거라고 했다. 그리고 머리밴드하고 목걸이도 너무 예쁘다고 조잘거렸다.

　나도 민희가 말도 안 하고 쌀쌀맞은 아이인 줄 알았는데 그날 자세히 보니 얼굴도 예쁘고 말도 잘했다. 우리들은 매일 시장에 같이 오기로 했다. 그런데 우리둘이 같이 가는 모습을 보고 금남시장 '민간 방송국'인 순대장사 하는 기철이 엄마가 "일환이하고 민희가 살림차렸네." 하는 가짜뉴스를 방송를 하는 바람에 온동네 소문이 "쫙" 퍼졌다. 학교에서는 공주님이 정성스럽게 싸 온 도시락을 먹고 달동네에서는 미나가 사 오는 빵을 묵고 쌈치기로 돈을 따서 민희하고 시장에 가서 맛있는 떡볶이를 사 먹었다. 먹고, 묵고, 따고, 먹고 나는 매일 매일이 행복했다. 그런데 서서히 검은 먹구름이 몰려 오고 있었다.

그날도 평소처럼 민희하고 금남시장에 갔다오다 경기 쌀 상회 코너길을 막 돌아가는데 "울다가 울다가~ 지쳐서 꽃잎은~ 빠알케~ 멍이 들었네~" 하는 귀에 익은 노래소리가 들렸다. 미나가 이미자의 「동백아가씨」 노래를 부르며 내려오고 우리 둘은 달동네로 올라가다 미나하고 정면으로 마주쳤다. 미나하고 나는 너무 놀래서 그 자리에 우뚝 서서 한동안 아무 말도 못 하다가 그냥 지나쳤다. 민희가 '누구니 니 여자친구니?' 하고 묻길래 나는 "아니야 그냥 같은 반 애야." 하고 대답했다. 그날 밤 스피커에서 나오는 「전설따라 삼천리」를 재미있게 듣고 있는데 미나가 "일환아." 하고 불러서 나가니까 할 말이 있으니 해병대산에 같이 가자고 했다.

나는 은근히 쫄아 "야. 할 말 있으면 여기서 해." 했더니 이야기가 좀 길고 여기는 사람들이 보니까 자꾸 해병대산으로 가자고 했다. 그날은 달도 안 뜬 그믐밤에 먹구름이 잔뜩 끼어 한 치 앞도 볼 수 없을 정도로 컴컴했는데 누가 "야! 우일환." 하고 낯익은 목소리로 불러 그쪽을 돌아보는 순간 나의 눈탱이에서 불이 "번쩍" 하고 튀면서 뒤로 자빠졌다. 그리고 "야! 이놈 아주 죽여 버려." 하는 소리와 함께 누군가 발로 나를 마구 짓밟았다. 불의의 기습을 당한 나는 간신히 몸을 굴려 피한 뒤 운기조식하여 정신을 차리고 상황을 살펴보니 공주님과 미나에게 협공을 당한 것이었다.

내가 "야 왜 때려." 하니까 공주님이 "야 이 바람둥이야!" 너 민희라는 애하고 살림도 차리고 애까지 낳았다고 소문이 자자한데 끝까지 오리발을 내미네." 하길래 나는 너무 어처구니가 없었다. "그건 다 헛소문이고 민희가 무거운 채소 보따리를 들고 오길래 '딱' 한 번 들어 준 적은 있어." 하니까 미나가 "성님 속지마세요. 제가 둘이 같이 있는 걸 여러 번 봤어요." 하는 게 아닌가.

성님????? 미나가 공주님한테 성님!!!! 그 말을 듣자 내 머리 속에서 '핵폭탄'이 터진 것처럼 경천동지 전무후무 가공할 충격에 정신이 하나도 없었다. 공주가 미나의 '성님'이면 공주가 '본처'고 미나가 '세컨드' 민희가 '써어드'!!! 이게 말로만 듣던 TV 막장드라마에나 나오는 '4각 관계'란 말인가? 그럼 내가 여자애들하고 말만 해도 5각, 6각, 7각, 8각…. 이건 말도 안 되는 '연애의 다각화'라는 생각이 들었다. 물론 그 당시에도 「짚세기 신고왔네」라는 김순철이 주연을 하고 김세레가 주제가를 불러 히트 친 막장드라마의 원조격인 TV 드라마가 있었지만 이제 겨우 12살짜리 입에서 '성님'이라는 단어가 거침없이 나오다니…. 마마, 호환보다 더 무서운 막장드라마의 폐해는 사회적으로 너무 심각하다는 생각이 들었다.

아무튼 나는 헷갈리는 정신을 간신히 차리고 곰곰히 생각하니 아무래도 여우같은 '제갈조조' 미나가 꾸민 '이이제이' 계략이 분명했다. 민희하고 공주님과 싸움을 붙여 자기는 '어부지리'를 얻으려는 속셈이 뻔했다. 나는 억울했지만 잘못했다고 '싹싹' 빌었더니 공주님이 이번 한 번만 특별히 용서한다고 하자 미나가 "성님 제가 민희도 불러올 테니 오늘 아주 요절을 냅시다." 하고 '갈롱'을 떨자 공주님이 "야 너도 매일 5원짜리 빵을 일환이한테 사다 주면서 꼬리를 쳤잖아! 너도 같은 년이야 한 번만 더 걸리면 아주 작살이 날 줄 알아." 하고 엄포를 놓았다. 나는 미나가 나를 버리고 한수한테 갔을 때 정리하지 못한 걸 후회했지만 이미 모든 건 끝난 뒤였다. 그리고 그다음 날부터 잘 나가던 나의 인생은 모든 것이 꼬이기 시작했다.

갑자기 아버지가 하던 장사가 불경기 때문에 잘 안되서 나는 도시락도 없이 학교에 갔는데 공주님에게 찍혀 무상 식량 원조도 못 받고 더구나 내가 민희하고 동거생활을 한다는 말도 안 되는 헛소문이 "쫙" 퍼져 나는 학교에서 왕따가 되었다. 또 달동네에서는 미나가 사 주던 빵도 안 사 줘

서 그야말로 '기아선상'에서 허덕이는 에티오피아 난민꼴이
었다.

더욱이 버스대가리 짱구하고 하던 쌈치기도 운이 다 했는
지 본전까지 다 잃고 빚까지 지는 신세가 되었다. 내가 빚을
지고 못 갚자 평소에는 나를 보면 "소협 사형을 뵀습니다."
하고 깍듯이 무림의 예를 갖추던 가소로운 짱구가 "형-"
"형님-" "우형….." 하고 슬슬 기어 오르더니 급기야 "어이
형씨 돈이 없으면 노름을 하지 말아야지." 하고 공개적으로
나를 깔아 뭉갰다. 무림에서 나의 체면은 그야말로 바닥으
로 떨어졌다.

그런데 우리 옆집에는 중학교 2학년인 혜원이라는 누나가
살았는데 그 집은 대나무를 잘게 쪼개 과일바구니나 김발,
오뎅꼬치 같은 것을 만들어 팔아 우리들은 그 집을 '대까치
집'이라고 불렀다. 대까치집 누나는 금호여중 핸드볼선수
였는데 키가 무림의 절대지존 큰형보다 크고 손은 솥뚜껑만
했다. 얼굴은 격투기선수 최홍만같이 못생겼지만 성격이 아
주 착했다. 그 누나는 나를 좋아했다….

달동네 무림 비공식 연무장이 있는 맹철이네 큰형 맹복이
형은 고등학교 중퇴 후 007가방에 로렉스시계, 미제라이
방, 지포라이터, 파커만년필, 양담배, 양주, 재크나이프,

향수 등등 소위 "쩨" 물건을 넣고 팔러 다니는 양키물건 장사였다. 맹복이형은 충무로, 명동, 소공 등 서울시내 중심가에 있는 다방이나 "빠" 같은 술집에서 장사를 했는데 그형은 가수, 영화배우 등 연예계의 비하인드 스토리에 대해서는 모르는 게 없었다.

가령 가수 이미자는 6.25전쟁 고아로 기차에서 노래를 부르며 구걸을 하던 거지였는데 노래를 너무 잘 불러 작곡가 "박춘석"의 눈에 띄어 가수가 되었다는 얘기나 정훈희는 원래 써커스단에서 막간에 노래하던 소녀가수였는데 작곡가 이봉조의 친구가 발굴해서 가수로 데뷔했다는 이야기 또는 영화배우 김지미는 대전에 있는 다방레지였는데 섹시한 미모에 반한 영화감독 홍성기가 아내로 삼고 배우로 만들었다는 썰, 신인가수 현미하고 작곡가 이봉조가 노래 지도를 핑계로 남산 케이블카 옆에 있는 여관에서 3일 밤낮으로 거시기를 했다는 썰 등 모르는 게 없었다.

또 맹복이형은 연애박사였는데 자기가 마음만 먹으면 가수나 배우 누구라도 꼬실 수 있다고 구라를 쳤다. 그리고 우리들에게 여자하고 거시기하는 방법도 강의했다. 그런데 그형은 우리 큰누나만 보면 얼굴이 빨개지고 몸을 비비 꼬면서 아무말도 못했다. 대까치 누나는 내가 맹복이형에게서

들은 연예계 이야기나 여자하고 거시기 하는 방법.

1. 손목을 잡는다.

2. 으슥한 곳으로 데려간다.

3. 키스를 한다.

4. 껴안는다.

5. ….

6. …….

7. ….

10. "응애" 하고 아기가 나온다.

같은 야한 이야기를 하면 좋아했다.

성격도 순해서 평소에는 제근이하고 내가 못생겼다고 놀려도 그냥 "싱긋" 웃고 말았는데…. 그날은 무슨 기분 나쁜 일이라도 있었는지 제근이가 "아유 못생겼네 괴물처럼 생겼네." 하고 놀리자 갑자기 화를 내며 제근이한테 "야. 너 지금 뭐라고 했어. 다시 한번 말해 봐." 하니까 제근이가 반말로 "못생겼다고 했다. 어쩔래." 하고 엉겼다. 누나가 "요 조그만 새끼가." 하며 딱밤을 가볍게 때렸을 뿐인데 제근이는 "으악" 하는 경천동지할 비명을 지르면서 2~3m 뒤로 날아떨어졌다.

그리고 나를 보고 "야. 일환아. 너도 이리와 봐." 하길래

"누나. 저는 아무 말도 안 했어요." 했더니 "글쎄 이리 와."
하면서 내 코를 손가락으로 "꽉" 찝고 흔들었는데 어찌나 힘
이 센지 사람 손가락이 아니라 공사장에서 쓰는 철근 같았
다. "누나 코 빠져요. 그만 좀 흔들어요." 하는 순간 누런
코가 "찍찍찍찍~…." 하고 나오면서 누나의 손에 묻었다.
"아이고 더러워. 이 녀석아. 좀 씻고 다녀라. 까마귀가 사촌
이라고 하겠다. 이 꼴을 해 가지고 바람을 피우다니." 하면
서 내 머리에 꿀밤을 때렸는데 머리에서 "꽝" 하고 폭탄 터
지는 소리가 나면서 금세 주먹만 한 혹이 부풀어 올라왔다.

　불운은 그것만이 아니었다. 집에 와서 대까치 누나한테
당한 이야기를 하자 엄마가 내 등짝을 후려치면서 "그러니
까 좀 씻고 다녀라 까마귀가 사촌이라고 하겠다." 하고 대
까치 누나하고 똑같은 말을 했다. 그러면서 "여자친구를 사
귀어도 한 사람하고 진드막하게 새겨야지. 너처럼 이 여자
저 여자 찝적거리면 나중에 후회한다."고 하셨다. 나는 너
무 서운했다. 엄마마저 나를 오해하다니…. 혹시 엄마는 계
모가 아닐까 하는 생각도 들었다. 그래도 오랜만에 더운 물
로 깨끗이 씻은 다음 엄마가 쓰는 골드크림을 바르고 거울
을 봤더니 내 얼굴도 이만하면 잘생겼다는 생각이 들었다.
그리고 혼합곡 보리밥에 콩나물국, 김치볶음, 김치뿐인 저

녁밥이지만 배불리 먹고 일찍 잠자리에 들자 어쩐지 내일부터는 모든 일이 잘 풀릴 것 같은 예감이 들었다.

다음 날 2교시 국어시간에 선생님이 오늘은 수업을 안 하는 대신 월남에 간 국군 아저씨들한테 위문편지를 쓰라고 하셨다. 원래 해마다 가을에는 전방고지에 있는 국군 아저씨들한테 위문품을 보내거나 편지를 쓰는 행사가 있었다. 공주님 같이 잘사는 집 아이들은 치약, 칫솔, 비누, 통조림이나 『선데이서울』같은 잡지를 위문품으로 냈지만 나는 위문품 살 돈이 없어 문방구에서 파는 낱개에 5원짜리 화장지 1개를 내고 그 대신 위문편지를 쓰곤 했는데 선생님이 파월장병들은 미군들로부터 받는 보급품이 한국의 상류층 이상이어서 위문품보다는 고국의 어린이들이 보내는 위문편지를 더 좋아한다고 편지를 3장 이상 쓰라고 하셨다.

잘 쓴 사람은 일주일 동안 숙제를 면제해 주지만 만약에 못 쓰는 아이들은 손바닥을 10대씩 때린다고 하셨다. 일순 교실 안이 쥐죽은 듯 조용해지면서 여기저기서 한숨 소리가 새어 나왔다. 사실 편지는 보기에는 쉬워 보여도 3장씩 쓴다는 것은 여간 어려운 일이 아니였다. 공주님과 미나의 표정을 보니 거의 죽을상이었다. 그동안 그 애들에게 맞은 생각을 하니 편지를 못 써 손바닥을 맞고 우는 상상만 해도 통쾌하기 짝이 없었다. 나에게 편지쓰기는 누워서 떡 먹기보다 쉬운 일이었다. 가공할 '작문신공'으로 10분도 안 돼 편지를 써서 제출하였더니 선생님이 "깜짝" 놀라 내 편지 읽더니 갑자기 배꼽을 잡고 "하하하하" 하고 크게 웃으며 너무 재미있게 잘 썼다고 칭찬하시면서 특별히 1주일이 아니라 한 달 동안 숙제를 면제해 주신다고 하셨다. 아이들은 모두 부러운 눈빛으로 나를 바라봤다. 특히 공주님과 미나는 조금 전까지의 얼음장처럼 싸늘했던 시선은 어디로 가고 애교 섞인 눈빛으로 천인공노할 추파를 던지는 것이 아닌가! 그 편지는 이런 내용이었다..

"세계평화를 위해 월남에 가신 국군아저씨 안녕하세요. 저는 서울 금호국민학교 4학년 1반 우일환 어린이입니다. 국군아저씨들께서 자유민주주의를 지키기 위해 고국을 떠나 머나먼 월남땅에서 용감하게 싸우시는 덕분에 저희들은 안심하고 공부 열심히 하고 있습니다.

며칠 전에는 제 단짝 친구 제근이와 약수시장에 있는 약수극장에서 박노식, 이대엽, 장혁, 특별출연 해병청룡 2여단 2대대 5중대 가수 남진의 「청룡은 간다」라는 영화를 봤습니다. (한양대 연영과 출신의 남진은 대학교 1학년 때인 1965년 「서울플레이보이」라는 곡으로 데뷔했다. 그런데 그

곡이 인기가 없어 알바로 영화에 단역으로 출연한 적이 있는데 연기가 수준급이었다. 그후 남진은 1960~1970년대에 「가슴 아프게」, 「마음이 고와야지」 등 60여 편의 영화에 출연했다. 1967년에 부른 「가슴 아프게」가 히트 쳐 인기스타가 되었다.

또 그 당시 귀공자 타입의 미남인 남진을 서로 차지하려고 떡 줄 사람은 생각도 안 하는데 이미자와 문주란이 암투를 벌였다는 "썰"도 있다. 남진은 1968년에 해병대에 지원입대해 월남에 파병됐는데 그때 전송 나온 소녀팬들로 김포공항은 울음바다가 되었다.) 저는 액션영화를 좋아해서 며칠 전에 금호극장에 째비 쳐 들어가 「홍콩의 왕과박」이라는 액션영화를 봤는데 싸우는 장면은 조금만 나오고 남자하고 여자가 껴안고 뽀뽀하고 우는 것만 나와서 재미가 없어 보다 말고 나왔습니다. 그런데 「청룡은 간다」는 내가 싫어하는 우는 거는 1도 안 나오고 신나게 총싸움 하는 것만 나와 너무 재미있었습니다.

이 영화에는 팬텀전폭기, 후이헬기, M-16 자동소총 같은 최신 무기도 나왔습니다. 또 청룡부대 아저씨들이 용감하게 싸워 베트콩들은 아저씨들을 "귀신 잡는 해병대"라고 부르며 무서워했습니다. 그리고 전투가 없을 때는 월남사람들에게 태권도도 가르쳐 주고 농사일도 같이 하고 다리도 놓아주는 등 아주 건설적인 내용이었습니다. 근데 영화를 보면서 몇 가지 궁금한 게 있어서 물어보는데요. 답장을 주시면 우리 누나를 소개시켜 드릴게요….

궁금한 것은…. 군인아저씨들이 전투를 하다가 갈증이 나면 야자나무의 열매를 따서 그 속에 있는 물을 마시면서 "야! 정말 시원하고 맛있네." 하던데 그게 그렇게 맛있나요? 그 맛이 너무 궁금해요. 그리고 월남에는 바나나가 너무 싸고 흔해서 월남사람들은 잘 안먹는다고 하던데 정말인가요? 한국에서는 너무 비싸서 한 번도 먹어 본 적이 없어요. 다만 얼마 전에 "심통장네"아들 재영이가 입원해서 병문안을 간 적이 있는데 그때 재영이가 바나나를 먹고 있길래 한 입만 달라고 하니까 저 혼자 다 먹었어요. 너무 먹고 싶어 껍질에 약간 붙어 있는 걸 이빨로 긁어 먹었는데 너무 맛이 좋았어요.

그리고 영화에서 보니까 군인아저씨들이 외박이나 휴가 갈 때마다 "꽁까이"를 만나러 간다고 하던데 도대체 "꽁까이"가 무슨 말인가요? 너무 궁금해요. 19살 먹은 우리 누나는 평화시장의 미싱사인데 얼굴은 영화배우 남정임보다 예쁘고 몸매도 날씬하고 노래도 잘 부르고 춤도 잘춥니다. 또 누나는 TV 드라마 「암행어사」에 출연한 안일력 관장이 하는 화랑도 도장에도 다녀 무술의 고수입니다. 우리 누나는 음식솜씨도 좋아서 나는 우리 누나가 해 주는 된장찌개가 세상에서 제일 맛있어요⋯. (중략) 그럼 국군아저씨의 무사귀환을 바라며 안녕히 계세요.”

내가 쓴 편지는 이런 내용이었다.

그런데 국어시간 끝날 때까지 미나하고 공주님은 한 자도 못 쓰고 연필만 돌리고 있었다. 다른 애들도 편지를 다 쓴 친구는 몇 명 없었다. 그래서 선생님이 편지를 숙제로 낼 테니 집에 가서 써 오라고 하셨다. 공주님이 토스트를 해 줄테니 자기 집에 가서 편지 숙제를 같이 하자고 꼬셨다. 이미 두 번이나 공주님이 쳐 놓은 욕망의 그물에 걸려 “허우적”거리다가 간신히 빠져 나온적이 있는 나는 이번에는 분명히 2중, 3중, 4중, 5중⋯의 덫을 치고 공주님이 기필코 나를 잡아먹을 계략을 꾸밀 거라는 생각이 들었다. 공주님은 내가 아무 것도 모르는 줄 알고 팔짱을 끼더니 “라라라” 하고 콧노래까지 불렀다.

드디어 공주님의 집 앞에 도착해 내가 갑자기 “야 내가 집에 가서 편지 숙제를 해 올 테니 너도 토스트를 해 와.” 하고 말하니까 불의의 기습을 당한 공주님은 멍한 표정이 되어 아무 말도 못했다. "그럼 내일 학교에서 만나." 하고 공주님과 헤어져 집으로 가는 길에 해병대산을 지나가는데 누가 "일환아." 하고 불러서 보니까 미나가 나를 기다리고 있었다.

"웬일이야?" 하니 "저 미안하지만 편지 숙제 좀 해 줄 수 없겠니?" 하길래 염치없은 뻔뻔한 모습에 화가 난 내가 "야 니 눈으로 내가 민희하고 살림 차린 걸 봤냐. 왜 쓸데없는 이야기를 하냐! 너 나한테 한번 뒤지게 맞아 볼래!" 하고 공갈을 치니까 두손을 "싹싹" 비비면서 "일환아 정말 잘못했어. 니가 민희하고만 놀아서 그만 질투가 나서 그랬어." "앞으로 한 번만 더 그런 헛소문 퍼트리면 진짜 그때는 국물도 없어." 하고 쐐기를 박자 미나는 무릎까지 꿇고 "진짜 앞으로는 절대 안 그럴게." 하며 용서를 빌었다. 이로써 대한 남아의 기상은 우뚝 서고 나의 연애전선에도 다시 평화가 찾아왔다. 그리고 그동안 꼬였던 일이 풀리기 시작했다.

사랑의 배신자 미나에게 '처절한 응징'을 가한 뒤 집에 돌아왔더니 누나가 벌써 퇴근해서 집에 와 있었다. "누나 웬일로 집에 일찍 왔어." 하니까 "응 오늘 평화시장 전체가 전기가 나가서 일찍 '시마이' 했어. 일환아 너 만화책 좀 빌려 와라. 누나는 웃기는 만화 좋아하니까 '임창' 만화 새로 나온 거 있으면 그것도 좀 빌려 와." 하면서 20원을 주었다.

만화책 빌리러 가는 길에 달동네 무림에 들렸더니 가소로운 '버스대가리 짱구'가 "어이 형씨 간만이네. 나하고 고스톱 한 판 때릴까." 하는 게 아닌가! "고스톱?" 처음 듣는 말이라서 어리둥절해 "야. 그게 뭐냐." 하니까 짱구가 요새 새로 유행하는 화투게임인데 진짜 재미있으니까 한 판 치자고 붙잡고 늘어졌다.

'짖고땡 섯다' 같은 옛날 투전판에서 유래한 노름부터 삼봉, 육백, 민화투, 나이롱뽕, 월남뽕 등 화투놀이도 여러 가지가 있었지만 '고스톱'은 처음 들어봐 잘 몰라서 안 친다고 하니까 짱구가 "야. 이제 보니까 너도 완전히 맛이 갔네 '새가슴'이네. 쫄았나 봐."라고 반말을 하면서 약을 올렸다. 아무리 돈이 제일이라지만 하느님하고 '동기동창'인 무림사형에게 감히 반말을 하다니! 다시는 노름을 하지 안 하겠노라고 굳은 결심을 했지만 땅에 떨어진 무림의 위계질서를 바로 세우고 그리고 "야마"도 돌아 도저히 참을 수가 없어서 생전 처음 '고스톱'을 치게 되었다.

그런데 고스톱은 민화투하고 치는 방법은 같고 다만 계산하는 방법만 달랐다. 3, 5, 7, 9. '일 원'짜리로 아주 약하게 쳤는데…. 짱구하고 기본 5점짜리 '맞고'를 치기 시작했다. 나는 누나가 만화책 빌려 오라고 준 돈 20원을 '학교'에 가고 짱구는 50원을 '학교'에 갔다. 몇 판 치지도 않았는데 10원을 잃었다. 그리고 그다음 판에 짱구는 '광'에 '쌍피'에 '고도리' 진 쪽을 들고 나는 '흑사리' 쭉쟁이에 '비띠' 같은 '개패'를 들고 쳤는데 짱구가 금방 '투고'가 나고 "쓰리고" 하면서 '똥광' 치고 '기리패'를 뒤집어 쳤는데 그대로 '설사'를 하는 게 아닌가! 나는 속으로 "아싸~ 가오리!" 하면서 똥설사 한 것을 치고 기리패를 뒤집자 '비광'에 '비쌍피'가 붙어 싹쓸이에 설사 한 것까지 먹어 짱구패 2장을 가져오자 순식간에 5점이 나 이번에는 내가 "역고"를 불렀다.

그런데 초보자의 행운이라고 할까. 그다음부터는 짱구는 '진패'를 들고도 쳤다 하면 설사가 나오고 나는 개패를 들고도 계속 싹쓸이가 나왔다. 다 끝나고 계산하니까 "5광"에 "고도리"에 청단, 홍단, 쿠사. "피박"에 "멍박"에 "식스고"에 따, 따, 따, 따, 따불로 무려 428점이 나왔다. 그 한 판으로 짱구는 '오링'되고 나는 노름빚까지 다 갚을 수 있었다. 돈 몇 푼 가지고 하늘 높은 줄 모르고 경거망동 하던 짱구는 그야말로 '척추뼈'가 나간 것 같은 충격에 그 자리에 "털썩" 주저앉자 한동안 "멍" 하더니 갑자기 주머니에서 거금 이천 원을 꺼내면서 "AC 나 오늘 완전히 열받았어. 섯다로 돌려!" 하고 욕까지 했다.

"오늘은 바쁘니까 내일 치자. 애들아 돈 따서 기분이다. 내가 풀빵 쏠 테니까 가자." 하니까 "가긴 어딜가." 하면서 앞을 막았다. 더 이상 약을 올리면 한 대 칠 것 같은 기세여서 "알았써. 알았써. 그래 섯다로 돌려." 하고는 짱구 뒤에 서 있는 제근이에게 눈을 "찡긋" 하면서 신호를 보냈다.

제근이 아버지는 중부시장에서 과일경매사를 하셨는데 지금은 경매를 할 때 전자경매기를 사용하지만 그때는 손가락으로 '수기'를 했다. 가령 검지손가락 하나를 펴면 "1" 손가락 다섯 개를 다 펴면 "5" 주먹을 쥐면 "10" 이런 식이었다. 제근이가 아버지한테 배운 수기로 짱구패를 보고 나에게 '싸인'을 보내주니 게임은 하나마나였지만 처음부터 일방적으로 따면 의심할 것 같아 몇 번 잃어 줬더니 불쌍한 짱구는 아무것도 모르고 기고만장해 "이제야 나의 실력이 나오는군." 어쩌구 하면서 까불었다.

그렇게 몇 번 밀당을 하다가 제근이가 주먹을 쥐고 앞뒤로 돌렸다. 짱구패가 '장땡'이라는 신호였다. 역시 '섯다'는 쪼이는 게 맛이라 내패를 서서히 쪼였더니 3.8 광땡이 아닌가! "야! 올인 다 걸었어. 쫄리면 죽어." 하니까 짱구도 "나도 올인 히힛…. '장땡' 다 먹었다." 하는 순간 "아아~ 잠깐

삼팔 따라지. 요런 걸 '삼팔광땡'이라는 거다. 요 싸가지 없는 놈아!" 하니까 짱구가 "벙찐" 표정이 되더니 기절을 했다. 급히 찬물을 떠다 먹이고 흔들어 깨우니 갑자기 대성통곡을 하는 게 아닌가!

그 돈은 엄마가 오복상회에 줄 계돈인데 몰래 훔쳐 나와서 노름을 했는데 엄마가 알면 맞아 죽는다고 제발 돌려 달라고 했다. 그런데 내가 큰돈을 따자 윗동네에 사는 "장민히 유자인 정유히" 미녀 트로이카 삼총사가 나에게 추파를 던졌다.

미녀 트로이카 삼총사는 평소에 나를 '코찔찔이'라고 거들떠보지도 않다가 내가 큰돈이 생기니까 "아유 자세히 보니 일환이도 미남이네. 대한극장에 「닥터지바고」 들어왔는데 우리들하고 그거 보고 장충단공원에 있는 태극당제과에 생크림케익 먹으러 가자." 하고 나를 유혹했다. 지금도 4각 관계인데 미녀삼총사하고 또 엮이면 7각 관계가 되는 건데…. 그럼 정신적으로 너무 복잡하고 체력적으로도 그 많은 여친들을 관리하려면 '녹용국'에 '인삼깍두기'라도 먹어야 되지 않을까? 하는 생각이 들어 "나는 됐고. 너희들이나 영화 구경 많이 하고 빵 많이 먹어라." 하는데 짱구하고 세트로 다니는 누이동생 짱자, 짱숙이까지 내 바지 가랑이를 붙잡고

"엉엉" 울면서 "오빠 잘못했어요. 형 잘못했어요." 하고 통사정을 하였다.

어쩐지 불쌍한 생각이 들어 제근이에게 "이 돈 돌려줄까 말까." 하고 물어보니까 "야 고생해서 번 돈을 왜 돌려줘. 그 돈이면 중앙시장 안에 있는 성동극장에 가서 「돌아온 외팔이」 수십 번을 보고 짜장곱배기 수십 그릇을 먹을 수 있는 돈인데." 했다. 그렇지만 내가 계돈 딴 걸 알면 짱구엄마 성질에 나도 가만두지 않을 것 같아 2,000원은 돌려 주고 풀빵 30원어치 덤까지 70개를 사서 무림의 협객들과 노나 먹으니 짱구가 나에게 큰절을 하며 "따거 니~시팔놈아." "하해 같은 사형의 덕을 몰라보고 경거망동한 소협을 용서하소서" 하고 진심으로 사죄했다. 이로써 흐트러졌던 무림의 위계질서는 바로 서고 나의 덕을 칭송하지 않는 자가 없었다.

만화책 20원치를 빌려 민희네 야채가게 점방에 들렸더니 민희 엄마가 "아이고 우리 사위 왔는가. 마침 칼국수를 넣고 팥죽 쑤었는데 한 그릇 먹고 가게. 우리 시골에서는 이런 식으로 팥죽을 쑤네." 하였다. 진담인지 농담인지 반말인지 존댓말인지 헷갈렸다.

'새알심' 넣은 팥죽은 먹어봤지만 칼국수 넣고 끓인 팥죽은 처음 먹어 봤는데 나름 맛이 있었다. 순식간에 한그릇

"뚝딱" 해치우니 민희엄마가 "많이 있으니 천천히 들게." 하면서 "자네 모친이 무슨 말 없었는가." "네 무슨 말이요?" 하니까 갑자기 실망한 표정으로 "아니네." 하였다. 나는 속으로 엄마가 술에 취해 또 '부도수표를 발행했구나' 하고 생각했다. 팥죽을 세 그릇이나 먹었지만 '간'에 기별도 안 갔지만 나도 '사회적 지위'와 체면이 있는지라 더 이상은 배가 불러 도저히 못 먹겠다고 정중히 사양하고 방에 들어갔더니 민희가 배를 깔고 엎드려 숙제를 하고 있다가 나를 보더니 "마침 잘 왔다. 오늘 숙제는 파월국군 아저씨들한테 편지를 쓰는 숙제인데 지금까지 못 쓰고 있었는데 니가 좀 도와줄래?" 하면서 전무후무, 지상최강, 경천동지. 가공할 애교를 떨었다. 오늘은 울나라 전체가 '위문편지 쓰기의 날'인 것 같았다. 어차피 공주님이나 미나한테 얻어먹은 것도 있어서 편지를 쓸 생각이여서 아예 '도매금'으로 3장을 같이 쓰기로 하였다. 그런데 남자가 여자인 척하면서 남자에게 편지를 쓰려고 하니 어떻게 써야 할지 막막했지만 나의 가공할 '작문신공'으로 순식간에 완성한 편지는 이런 내용이었다….

  "파월국군 아저씨 안녕하세요. 저는 금옥국민학교 4학년 6반 민희예요. 국군아저씨가 머나먼 월남까지 가서 고생하시는 덕분에 저는 마음 놓고 공부 열심히 하고 있어요. TV

뉴스 시간에 아저씨들이 용감하게 싸우고 시간이 날 때는 월남사람들을 위해 다리도 놓아 주고 농사일도 같이 하는 모습을 보았어요.

또 아저씨들이 태권도시범을 하는 모습이 너무 멋있어 저도 집에서 옆차기 흉내를 내다가 그만 엉덩방아를 찧고 말았답니다. 제가 생각해도 바보 같아 혼자 웃고 말았어요. 저희 집은 원래 시골이었는데 아버지가 아프시고 큰언니, 작은언니가 평화시장에 취직을 해서 작년에 달동네로 이사왔어요.

큰언니는 편지쓰기가 취미인데 청룡해병대 김 병장님하고 편지로 사귀다가 김병장님이 제대하고 우리 집까지 찾아왔어요. 얼룩무늬 군복에 팔각모, 세무구두를 신고 바지 끝에서는 걸을 때마다 "찰랑찰랑" 하는 '링' 소리가 나는 모습이 너무 멋졌어요. 그런데 얼굴이 너무 새까매서 '아프리카 토인'인 줄 알았어요.

저도 어른이 되면 김 병장님같이 멋있는 군인과 사귀고 싶어요. 김 병장님은 왕십리에 있는 '대왕산업'이라는 유모차 공장에 운전사로 취직했어요. 원래는 큰언니하고 내년 봄에 결혼할 계획이었는데 그만 '속도위반'을 해서 올 가을에 결혼한다고 어른들이 수근거렸어요. 제 생각에는 '속도위반'을 하면 벌금만 내면 되지 결혼식까지 앞당겨 하는 게 너무 이상해서 윗동네 사는 일환이한테 물어보니까…. 그 애는 기분 나쁘게 "낄낄낄" 웃으면서 자기도 모르겠다고 하는 거예요.

그 애는 공부는 안 하고 맨날 싸우는 연습만 하고 제근이하고 금호극장이나 쎄비 쳐 들어가고 고철을 주워 팔아 노름을 하고 텔레비나 보러 다녀요. 그리고 잘 씻지도 않아서 그 애의 별명은 '까마귀사촌'이예요. 또 이상한 야한 이야기나 하는 웃기는 친구예요. 그렇지만 얼마 전에 오빠하고 내가 '메리'라는 진돗개에게 물릴 뻔 했는데 그 애가 구해 줘서 친하게 되었어요.

일환이가 그러는데 월남군인 아저씨들은 외출이나 휴가 때 '아오자이' 입은 '꽁까이'들하고 바닷가 같은데 놀러간다고 하는데 놀러가실 때는 '속도위반'에 안 걸리게 운전조심하세요. 그럼 귀국하실 때까지 안녕히 계세요. 그리고 이 편지는 일환이가 써 준 게 아니고 제가 쓴 거예요." 그 편지는 이런 내용이었다.

노느라고 너무 늦어 "부랴부랴" 집에 갔더니 동네사람들이 마치 호떡집에 불난 것처럼 우리 집 앞에 모여 "웅성웅성"거리는 게 아닌가! 집에 들어가니까 군인아저씨들이 미군 C-레이션 박스를 산더미처럼 들고 와서 하는 말이 내가 월남에 보낸 편지가 최고 인기 편지로 뽑혀 누나하고 내가 이번에 월남위문 공연을 가는 박노식, 나훈아, 이씨스터즈, 김추자 등등 연예인들과 같이 가게 됐다고 했다. 누나는 사실 그 전부터 월남군인 아저씨들과 펜팔을 하고 있었다.

드디어 김포공항에서 비행기를 타고 사이공 공항에 도착했다. 그곳에는 군인아저씨들뿐만 아니라 월남사람들도 많이 나와 우리들을 환영해 주었는데 내가 바나나를 먹고 싶다고 쓴 편지 사연을 읽고 바나나를 가지고 나와 나에게 권했다. 그런데 그 바나나는 처음 보는 "몽키바나나"라는 아주 작은 바나나였는데 발꼬랑내 같은 "꼬리꼬리"한 냄새가 나고 씹어도 마치 고무줄같이 질기고 아무 맛도 없었다.

아무튼 짚차를 타고 부대로 이동하는데 갑자기 "꽈꽝" 하는 천지가 진동하는 폭발음과 함께 60미리 박격포탄이 터지면서 짚차가 전복되고 우리와 동행했던 월남사람들이 베트콩으로 돌변해 AK-47 자동소총을 "타타타 드르륵 드르륵" 하고 난사하는 바람에 사람들이 다 죽고 나만 살아 남아 정글로 도망치는데 베트콩들이 "땀!" "땀!" "잡아라!" "잡아라!" 하면서 쫓아왔다. 정신없이 쫓기다 그만 늪에 빠지고 말았다. 그런데 갑자기 늪에 사는 커다란 왕비단 뱀이 내 몸을 "칭칭" 감고 조여 와 숨이 막혀 "사람 살려!" 하고 소리를 질렀지만 목소리가 나오지 않았다.

　다시 한번 젖 먹을 때 힘까지 다해 "사람 살려!!!" 하고 소리치자 엥? 이게 모야! 방문이 "벌컥" 열리면서 민희 엄마가 "아이고 민희야! 발가락을 그렇게 사람 입에 넣고 쑤시면 어떡하니 그러다 사람잡겠다." 하는 게 아닌가!

　팥죽을 세 그릇이나 먹고 밀려오는 식곤증에 편지를 쓰다가 깜빡 잠이 든 모양인데 민희도 잠이 들어 한쪽 다리는 내 몸을 휘감고 한쪽 발은 내 입에 넣고 있었다. 그렇다면 아까 그 "몽키바나나"는….?

　내 몸통을 감고 있는 민희의 다리를 떼어내려고 아무리 용을 써도 마치 산낙지의 빨판같이 "찰싹" 달라붙어 꼼짝도 하지 않았다. 무림의 절대비급인 "달마역근경"으로 내공외공의 기를 모아 간신히 떼어 내더니 민희가 잠든 척 눈을 감고 "아잉~ 야~ 흐흐흥~ 하더니 이번에는 팔을 내 목에 감는 것이 아닌가! 팔을 떼어내더니 다리를 떼어내면 목을…. 나는 민희가 겉으로는 얌전한 척 하지만 속으로는 무림의 색녀인 "색랑호리 요지화"가 아닐까 하는 생각이 들었다. 결국 무림의 비전인 '뇌전신공'으로 전기충격을 가해 간신히 떼어 놓고 집에 왔더니 누나가 꿀밤을 때리면서 "야 이 녀석아! 점심 때 만화책을 빌리러 가서 저녁 때 오냐. 만화책을 빌린 게 아니라 그려서 가져왔냐." 했다.

오늘 겪은 파란만장한 여난을 몰라주고 꿀밤을 때리는 누나가 약간 섭섭했다. 다음 날 학교에 갔더니 공주님이 대뜸 "야 우일환 너 어제 미녀삼총사하고 영화 구경하고 태극당 가서 생크림 케익 먹고 민희네 가게 가서 민희하고 자고 왔지." 하는 게 아닌가! 내가 펄쩍 뛰며 "무슨 말도 안 되는 소리야." 하니까 내 허벅지를 살점이 떨어져 나갈 정도로 쎄게 꼬집으며 "본 사람이 한둘이 아닌데 또 거짓말하네." 하길래 나는 속으로 공주님의 경천동지, 지상최강, 전무후무, 가공할 첩보망은 중앙정보부, 미CIA, 소련의 KGB를 능가한다는 생각이 들었다.

공주님이 "특별히 용서해 줄께. 오늘 우리 집에 가서 숙제하자."고 했다. 어제도 여자애들에게 시달렸는데 오늘 또 공주님한테 당할 생각을 하니 모골이 송연했다. 그래서 빠져나갈 궁리를 하는데 선생님이 갑자기 내일 소풍을 간다고 했다. 원래는 봄에 소풍을 가는데 올봄에는 금옥국민학교가 분교도 되고 이런 저런 사정으로 가을소풍을 간다고 하셨다. 친구들은 일제히 "와아." 하고 함성을 질렀다. 그런데 멀쩡하던 날씨가 갑자기 천둥번개가 치더니 비가 왔다.

아이들은 학교직원인 소사 아저씨가 시골학교에 근무할 때 "용"이 되어 하늘로 승천하려고 백년기도를 드리던 구렁이가 하루를 못 참고 큰비를 타고 승천하다 추락해 "이무기"가 되어 폭포 아래 "용소"에 살고 있었는데 소사 아저씨가 그 "이무기"를 잡아먹어 소풍날만 되면 비가 온다고 수근거렸다.

아무리 생각해도 나는 다리 밑에서 주워 온 자식 같았다. 솔직히 어려운 집안사정을 생각해…. 크게는 안 바라고 요깡(양갱) 100개, 사이다 50병, 신앙촌 카스테라 50개, 삶은 계란 100개, 용돈 백만 원 정도는 주실 줄 알았는데 기대가 크면 실망도 크다고 하던가 딸랑! 김밥 3줄 그것도 김보다 파래가 더 많은 파래김에 안에는 아무것도 안 넣고 혼합곡 보리밥만 "둘둘" 말은 김밥에 김치뿐이었다. 큰형이나 작은형은 소풍갈 때 삶은 계란에 용돈도 50원씩 주셨는데 나만 차별대우 받는 게 너무 서러워 울고 불고 떼를 써더니 엄마는 도리어 "이 종간나 쌔끼 배부른 소리 하고 있네 배고프면 이것도 꿀맛이지비!" 하면서 내등짝을 후려쳤다. 나 같은 의붓자식은 집을 나가 다시는 안 돌아오리라 결심하고 집을 나왔는데 막상 집을 나왔더니 갈 곳이 없어 대문 앞에 "죽"치고 앉자 서럽게 흐느껴 우는데 아무도 거들떠보지 않았다.

그래도 평화시장에 미싱사로 일하는 누나가 출근하면서
"일환아 울지 말고 소풍가는 데 용돈이라도 하렴." 하면서
10원을 주었다. 엄마, 아버지는 장사하러 나가시고 형들도
학교에 가고 빈집에 "덩그러니" 혼자 남아 생각하니 소풍을
안 가면 나만 손해일 것 같아 "부랴부랴" 뒤늦게 학교에 갔
더니 다들 와서 나만 기다리고 있었다. 특히 공주님과 왕비
님은 내가 안 올까 봐 발을 "동동" 구르고 있었다.

버스가 드디어 출발했다. 공주님이 창가 쪽으로 앉고 내
가 가운데 끼여 앉고 왕비님이 내 옆에 앉았다. 3명이 앉는
좌석에 5~6명씩 끼워 앉고 통로에도 콩나물시루처럼 "꽉
꽉" 들어차 사람들이 마구 미는 바람에 그만 왕비님의 엉덩
이가 내 허리를 밀었다. 그 바람에 내 얼굴이 공주님의 "봉
긋한" 가슴을 덮쳤는데 공주님은 무엇이 좋은지 "생글생글"
웃었다. 차가 좌우로 흔들릴 때마다 '첩협쌍웅' 모녀의 육체
적 파상공세에 시달리다 보니 목적지인 정릉유원지에 도착
했을 때는 내 몸은 거의 파김치처럼 "흐물흐물" 해졌다.

첫 번째 시간은 보물찾기를 했다. 4등은 연필 한 자루,
공책 한 권, 3등은 연필 1다스, 2등은 공책 10권, 1등은
양은 주전자였다. 아이들은 일제히 "와아!" 하고 함성을 지
르며 숲속으로 달려갔다. 그런데 그 당시는 '학부형회' 엄마

들의 치맛바람이 거세 무슨 때만 되면 선생님한테 '와이로'를 갖다 바쳤다. 가까이 있는 숲은 그 엄마의 애들이 보물을 다 찾고 나는 어쩔 수 없이 보물을 찾기 위해 깊은 숲속을 헤매는데….

누군가 내 목덜미를 잡아 당겼다. 깜짝 놀라며 뒤로 자빠지자 공주님이 나를 덮치는 것이 아닌가! 몸을 급히 오른쪽으로 굴러 피하자 또 덮쳤다. 이번에는 좌측으로 회전해 황급히 대피하니 공주님의 눈빛이 이상하게 변하더니 갑자기 남자같은 굵은 목소리로 "야 기상! 앞으로 취침 뒤로 취침 좌로 굴러 우로 굴러." 하고 명령하는 게 아닌가!

사실 이곳 정릉유원지는 육이오 때 '북파공작원'인 켈로부대(KLO). 구월산 유격대의 훈련장이었다. 그때 훈련받다 죽은 군인들이 귀신이 되어 대낮에도 나온다는 소문이 있었는데 아무래도 공주님은 그 군인들의 귀신이 씌인 것 같았다. 공주님이 내 '쬬인트'를 까면서 "어제는 우리 집에서 숙제를 한다고 하더니 미꾸라지처럼 잘도 빠져 나갔겠다. 야! 어금니 꽉 물어 옥수수 나간다." 하는 순간 공주님의 돌려차기가 내 아구통에 작렬했다. 내가 공중에 "붕" 떠서 나가 떨어지니까 공주님이 "야 이놈 봐라 이거 군기가 완전히 '쏙' 빠졌네…. 차렷." 하고 명령했다. "벌떡" 일어나 차렷자세를 취하니까 공주님이 갑자기 흥분해서 숨소리가 이상해졌다. 그리고 "호호호 고놈 참 귀엽군." 하면서 내 입술에 뽀뽀를 하려고 했다. 사람을 이렇게 구타하고 흥분하다니. 나는 속으로 공주님은 무림의 변태 '멸절사태 가진악'이 아닐까? 하는 생각이 들었다. 공주님이 막 내 입술에 키스 하려는 순간 왕비님이 나타나 "애들아! 유격훈련 그만 하고 점심 먹어라." 하셨다.

우리 집보다 형편이 더 어려운 재근이, 창래는 김밥도 못 싸 오고 평소처럼 도시락을 싸 왔다. 우리 무림삼협은 창피한 생각이 들어 한쪽 귀퉁이에서 따로 점심을 먹는데 왕비님이 "일환아 이리 와서 같이 먹자. 친구들도 이리 와서 같이 먹어." 하셨다. 왕비님의 도시락 찬합에는 "차곡차곡" 김밥, 잡채, 불고기 등 진수성찬에 그리고 카스텔라, 산도, 미루꾸, 사이다, 콜라에 과일도 사과, 귤, 포도까지 그야말로 초호화 슈퍼디럭스 울트라짱 버라이어트한 도시락이었다. 나는 갑자기 왕비님이 러시아 황제 '니꼴라이 3세'의 증손녀이자 오스트리아 황제 로마렌코 2세의 부인 '에따까뜨르르르르~~' 황후마마처럼 보였다.

존귀하고도 지체 높으신 황후께서 황송하옵게도 "일환아 네가 싸 온 김밥이 맛있게 생겼네. 맛 좀 봐도 돼." 하시는

게 아닌가! 아니! 이런 영광이 있을 수가…. 황후마마께서
맛을 보시더니 "아유 내가 싸 온 김밥은 쏘세지, 계란, 단
무지, 우엉, 소고기까지 다 넣었더니 오히려 느끼한데 니가
싸 온 김밥은 아무것도 안넣고 '겉절이김치' 하고 먹으니 오
히려 더 개운하고 맛있네." 하시며 김밥을 바꿔 먹자고 했
다. 혹시 황후마마의 "성지"가 바뀔까 봐 얼른 "네." 하고
대답했다. 난생 처음 맛보는 진수성찬이 굶주린 무림삼협의
배 속으로 눈 깜짝할 사이에 사라졌다. 점심시간이 끝나고
드디어 오늘의 "하이라이트" 오락시간이 시작되었다. 그런
데 첫 번째 참가선수가 뜻밖에 미나였다.

그 당시 우리 반에는 명물이 있었다. 훗날 「찻잔」이라는
노래가 히트쳐 유명해진 '노고지리' '한철수, 철호' 쌍둥이
형제인데 그때 벌써 '천재소년 쿨보이스'라는 예명으로 활
동 중이었다. 아무튼 미나는 이미자의 「동백아가씨」를 불렀
는데 나는 미나가 그 노래를 허구헌날 지겹게 불러대서 속
으로 "어이구 지겨워…. 야! 또 그 노래냐 다른 것 좀 없냐."
했는데 철수, 철호의 기타 반주에 맞춰 노래를 부르니 진짜
"이미자" 뺨치게 잘 부르는 것이었다.

친구들이 "앵콜!" "잘한다!" 하고 박수를 치고 난리가 나
는 바람에 분위기에 휩쓸려 나도 모르게 "앵콜!" 하며 박수
를 치니까 공주님 이 무섭게 째려보더니 내 옆구리살이 떨
어져 나갈 정도로 쎄게 꼬집으며 "야 이놈아! 저년이 그렇게
좋으면 아주 같이 살아라." 하고 가공할 질투를 했다. 그 뒤
를 이어 다른 친구들도 노래를 불렀는데 다들 가수 못지않
은 대단한 실력이었다.

내가 살던 달동네는 해병통신대가 주둔하고 있던 해병대
산 고개만 넘으면 서울 시내 어디라도 걸어서 20~30분 내
에 갈 수 있고 방세가 싸서 시골서 농사짓다 목구멍에 풀칠
하기도 힘들어 서울로 일자리를 찾아 올라온 농사꾼, 육이
오 때 피난 온 이북사람, 한때는 잘나갔지만 사업에 실패한

사업가 밤무대가수, 밴드, 댄서 말로 먹고사는 거간꾼, 약장사, 사기꾼 등등 그야말로 '산전수전' 다 겪은 조선팔도의 "난다 긴다" 하는 '예인재사'가 모여 사는 동네였으니 부모님의 영향 때문인가 공부보다는 노래, 춤, 연기 등 예능 쪽으로 두뇌가 발달한 끼있는 친구들이 많았다. 우리 동기 중에는 시니어 미인대회 출전해 입상한 미녀들도 많이 있다. 아무튼 마지막으로 드디어 공주님의 차례가 되었다.

그때는 영화배우 트위스트 김의 극장 쇼나 울릉도 트위스트, 키다리 미스타김 같은 트위스트 노래와 춤이 유행할 때였는데 공주님은 노고지리의 기타 반주에 맞춰 펄시스터즈의「커피 한잔」을 불렀다. "커피 한 잔을 시켜 놓고 그대 오기를 기다려 봐도 웬일인지 오지를 않네~~" 하고 노래를 부르며 "고고춤"을 추었다. 그때 나는 고고춤을 처음 봤는데 너무 멋이 있었다. 공주님의 늘씬한 육체에서는 무언가 애타는 듯한 성숙한 여인의 향기가 마구 풍겼다. 그 향기에 취해 정신이 "깜빡" 했다가 다시 들어왔는데 "아니 이럴 수가!" 나도 모르게 다이야몬드 스텝의 원조 "임해룡"의 신내림이라도 받은 것처럼 "알리, 다이야몬드, 삼각, 짝다리" 같은 스텝을 밟으며 "고고춤"을 공주님과 추고 있었다. 너무 신나게 춤을 추니까 다른 친구들도 넘치는 "끼"를 주체 못하고 "우르르" 몰려 나와 다들 신나게 "고고춤"을 추는데 옆에서 구경하던 회사에서 야유회 나온 아저씨들도 한잔 걸치고 취해서 같이 추는 게 아닌가. 그날의 최고 스타는 단연코 공주님이었다.

드디어 시상식 시간이 되었다. 교장선생님이 우리 학교에도 장래가 촉망되는 스타가 나왔다고 기뻐하시면서 시상자를 발표하셨다. "뿌리 뿌리~~ 그랑뿌리 오늘의 대상은 공주님!~~" 우레와 같은 박수 속에 공주님은 상장과 상품으로 양은냄비 쎄트와 양은들통을 받으셨다. 황후마마는 감격의 눈물을 마구 흘렸다. 앵 콜공연으로 「님아」를 불렀는데 "멀리 떠나간 내 님아 언제 돌아오려나~ 나의 사랑 내 님아 언제 돌아오려나~ 님아 님아~" 하는 노래가사가 어쩐지 나를 보고 부르는 노래 같았다. 아무튼 다시 한번 "고고" 춤 파티가 벌어졌다.

돌아오는 길에 기념품 장사들이 리어카에서 진짜 총알이 발사되는 100원짜리 스미스웨건 콜드 45구경 장난감 권총을 팔고 있었다. 너무 사고 싶었지만 돈이 없어 "만지작"거리는데 황후마마가 권총하고 동생 갖다 주라고 "뽕망치"도 사 주면서 옆에서 팔고 있는 "짝퉁 명품 스와르스키" 다이야몬드 반지, 목걸이, 쎄트를 가르키며 "내가 사 줄 테니 자네 마음에 드는 걸로 골라보게." 하는 게 아닌가! 아니 자네라니? 왠지 낯설고 섬뜩한 느낌에 공주님을 보니까 나를 보고 음흉한 미소를 날렸다. 미안한 생각이 들어 사양하니까 "그럼 내가 고를게." 하며 공주님은 목걸이 반지를 커플 쎄트로 골랐다. 어쩐지 이번에는 모녀가 합동작전으로 나를 공격할 것 같은 불길한 예감이 들었다.

소풍 다음 날 달동네 무림에 나가 오랜만에 제근이하고 무술대련을 하는데 몇 합을 겨루지 않아 온몸에 식은땀이 흐르고 다리가 후들거리며 하늘이 노랗게 보이면서 '안구망막'에서 하루살이보다 "작은 벌레"들이 횡행하는 증상이 나타났다. 생전처음 겪는 괴이한 증상에 곰곰히 생각해 보니 그제 민희네 채소가게 점방에서 팥칼국수 3그릇을 먹고 "깜빡" 잠든 사이 "색랑호리 요지화" 민희에게 "기"를 빨리고 어제는 소풍가서 공주님, 미나 두 여인과 벌인 과도한 애정행각으로 기혈이 소진된 것이 원인인 것 같았다.

급히 주머니를 뒤져 보니 며칠 전 로타리시장 공터에서 '청풍 대사님'이 하는 구충제를 복용하고 항문으로 회충을 뽑아내는 '쑈'에 출연하고 출연료 대신 받은 '기혈'을 보하는 '천지신명환'이 있어서 5~6환을 냉수와 함께 복용하니 그제서야 '다리 후들거림'이 멈추고 '안구망막'에서는 하루살이가 사라져 명랑한 기운을 되찾을 수 있었다.

강호의 협객들과 무공을 연무하는 한편으로 '양철깡통'을 '프레스'로 찍어서 만든 '계급장 따먹기' '껌종이먹기' 등을 하며 친목을 다지는데 옥수동에서 새로 이사 온 별명이 '가미소리(면도날)'인 '병하'라는 친구가 하는 말이 옥수동 한강둑 위의 철도길을 따라 한두 시간 정도만 걸어가면 인천인데 거기 가면 '바다 구경'도 하고 조개도 실컷 먹을 수 있다고 했다. 그때는 고속도로도 없고 전철도 없던 때라 인천을 가려면 서울역에서 기차를 타고 몇 시간을 가야 하는 머나먼 곳이었다. 도저히 믿을 수가 없어 거짓말 하지 말라고 하니까 몇 달 전에도 자기 형하고 인천을 갔다 왔다고 해서 병하와 우리 무림칠협은 인천을 향해 옥수동 철길을 출발하였다. 그런데…. 이게 엄청난 사건의 발단이 될 줄은 꿈에도 몰랐다.

달동네 아이들은 대부분 바다구경을 한 번도 못 해 본 아이들이었다. 그리고 조개를 먹어 본 아이들도 몇 명 없었다. 나는 조개를 잡으면 어떻게 먹나 하고 궁금해 병하에게 물어보니 바닷가에는 파도가 칠 때마다 밀려오는 나뭇가지가 많이 있는데 그걸 주워서 불을 피워 조개를 구워 먹으면 된다고 했다. 그러면서 조개도 "하얀백합 조개" "쫄깃쫄깃"

한 전복 길죽하게 생긴 "키조개" 피가 나오는 "피조개" 털이 많은 "홍합" 등 여러 가지가 있지만 자기는 조개보다는 물이 많이 나오는 "멍게"를 좋아한다고 하길래 나는 속으로 조개는 다 똑같은 줄 알았는데 확실히 조개를 많이 먹어 본 경험 많은 친구는 다르구나 하는 생각이 들었다.

그리고 나도 갑자기 물이 많이 나오는 멍게가 먹고 싶어졌다. 그런데 2시간을 넘게 걸어왔지만 바다가 보이질 않았다. 병하에게 왜 바다가 안 나오냐고 하니까 "어 이상하다. 먼저번에 형하고 왔을 때는 바다가 보였는데 조그만 더 가보자" 해서 계속 갔지만 바다는 보이지 않았다. 더구나 기차가 지나갈 때마다 '후폭풍'이 몰아쳐 기차 바퀴에 빨려 들어갈 것만 같아 위험천만이었다. 기진맥진 지쳐서 한강철교가 보이는 곳까지 갔는데 철교위를 지나가는 기차에 서울 − 인천 이렇게 써 있었다. 우리는 한강 하류 쪽으로 가는데 인천 가는 기차는 엉뚱한 방향으로 가는 게 아닌가! 아무래도 무언가 잘못된 것 같았다.

그래서 우리들은 다시 집으로 돌아가기로 했는데 기차길은 너무 위험해 시내방향 길로 가다가 그만 길을 잃어버렸다. 한참을 헤매다가 보니 짧은 가을 해가 금방 넘어가 어두워지면서 갑자기 날씨가 추워졌다. 그렇게 추위와 배고픔에

"덜덜" 떨면서 거리를 헤매는데 저 멀리 '동대문'이 보이는 게 아닌가 내가 "야 저기 동대문이다." 하니까 제근이가 저건 동대문이 아니라 남대문인데 저기까지 가면 그다음부터는 집에 가는 길을 안다고 했다!

제근이 말대로 남대문에 도착하니 우리들이 맨날 놀러다니는 남산 올라가는 길이 보였다. '이제는 살았구나.' 하는 생각이 들었다. 남산 팔각정을 넘어 장충단 공원까지만 가면 바로 우리 동네였다. 남산 케이블카 앞에 도착했는데 왼쪽으로 새로 생긴 아스팔트가 깔린 도로가 있었다. 그 길은 원래 좁은 비포장도로였고 밤에는 어두워 잘 안 다니는 길이었다. 그런데 동국대 뒷쪽으로 가는 지름길이여서 그 길로 가는데 갑자기 검은 가죽잠바를 입고 '검은 라이방'을 쓴 아저씨 두 명이 나타나 우리들을 끌고 가려고 했다. 우리들이 "사람 살려." 하고 소리치며 도망치니까 그 아저씨들이 휘바람을 "휘익" 하고 불자 어디선가 검은 잠바를 입은 아저씨 4~5명이 더 나타나 순식간에 우리들이 꼼짝 못하게 포위를 하더니 어디론가 끌고 갔다.

검은 잠바를 입은 아저씨들은 우리들을 경비사무실 같은 곳으로 끌고 갔다. 그곳에서 "이름이 뭐냐." "어디 사느냐." "어느 학교에 다니느냐." "아버지는 뭘 하시냐." "왜 밤 늦게 돌아다니느냐." 하고 꼬치꼬치 캐물었다. 인천에 조개를 잡으러 갔다가 길을 잃고 하루종일 밥도 못먹고 헤매다 이제 겨우 집으로 돌아가는 길이라고 하니까 "이 길은 통행금지 구역이니 앞으로 이쪽으로는 다니지 말라."고 하시면서 단팥빵 한 개씩을 주어 따뜻한 물과 먹었더니 추위도 가시고 힘도 나는 것 같았다.

천신만고 끝에 자정이 다 되어 집에 도착했는데…. 온동네가 "발칵" 뒤집혀져 있었다. 몇 년 전에 울나라 최초로 마포구 공덕동에서 "조두형" 어린이 유괴사건이 발생해 경찰, 군인 공무원뿐만 아니라 현상금 20만 원을(지금 돈 2억 원) 걸고 전국민이 두형이 찾기에 나섰지만 끝내 못 찾고 가수 이미자의 「두형이를 돌려 줘요」라는 노래가 전국적으로 히트 친 적도 있었다.

또 대통령까지 범인이 두형이를 무사히 돌려 보내 주면 선처한다는 담화문까지 발표한 적이 있었다…. 그때는 어린이를 유괴 납치해 소매치기나 껌팔이, 앵벌이, 구두딱기를 시키거나 심지어 시골에서는 '문둥이'가 어린애를 잡아다 산채로 '간'을 빼먹는다는 흉흉한 소문도 돌던 때였다…. 그런 시절에 인천에 조개 잡으러 간다고 나간 아이들 8명이 밤늦도록 안 돌아왔으니…. 경찰이 출동하고 또 한강 철길을 걸어가는 아이들을 봤다는 신고까지 접수되서 잠수부까지 동원되어 한강 물속까지 수색하는 등 난리가 난 것이었다.

우리 아버지는 평생 나에게 꾸지람 한 번 하신 적이 없고 내가 만화책을 보면 "만화책도 책이니 많이 봐라." 쌈치기나 노름을 하면 "이담에 크면 도박사가 되거라." 아이들과 싸우고 들어오면 "무술연습 열심히 해서 도장 하나 차려라." 하고 언제나 칭찬과 격려를 아끼지 않는 인자한 분이였는데 그날 나는 처음이자 마지막으로 종아리에 피가 나도록 '회초리'를 맞았다.

다음 날 학교에 가는데 미나동생 버스대가리 짱구가 누나가 준 것이라고 하면서 쪽지를 주었다. 펼쳐보니…. "일환아 마지막으로 할 말이 있어. 학교 파하고 해병대산에서 만나!" -미나가-

이렇게 써 있었다. 학교가 파하고 로타리시장 공터를 지나가는데 "청춘은 봄이요~ 봄은 꿈나라~ 언제나 즐거운 노래를 부릅시다~" 하고 스피커에서 「청춘의 봄」 노래가 흘러나와 가 보니 약장수가 들어와 있었다. 난장이 아내가 노래를 부르고 남편은 땟국물이 '줄줄' 흐르는 헝겊우산 위에 '불붙은 공'을 돌리고 있었다.

사회 보는 아저씨가 "대단히 감사합니다. 이번에 저희 "럭

키악극단"이 금호동 주민 여러분을 모시고 한 달 동안 공연을 할 예정입니다.

오늘은 개막 축하공연으로 눈물 없이는 볼 수 없는 연극 「불효자는 웁니다」, 「남과 북」 두 편을 연속 공연하오니 많이들 오셔서 구경하십시요." 하고 선전을 했다.

약장수 구경을 하고 싶었지만 미나하고 만나기로 약속해서 어쩔 수 없이 해병대산에 갔더니 미나가 순대 안주하고 내가 좋아하는 '막걸리 주안상'을 차려 놓고 눈웃음을 치며 "일환아 어서와 우선 막걸리 한잔 해라." 하면서 막걸리를 따라 주었다. 출출한 김에 한잔 마시고…. "무슨 할 말이 있냐." 하니까 자기가 공주님보다 노래를 훨씬 잘 부르는데다만 춤을 못 추어 "뿌리 뿌리 그랑프리" 대상을 놓쳐 속상하다고 하면서 내가 공주님하고 결혼해도 지금처럼 가끔씩 만나자고 했다.

나는 너무 어처구니가 없어 "결혼이라니 무슨 뚱딴지 같은 소리야?" 하니 공주님이 학교에서 나하고 결혼한다고 하면서 자동주문 전화 1번만 누르면 편리하게 집까지 배달되는 0.00001캐럿의 엄청난 크기의 "모기 눈꼽"만 한 천연 다이아몬드 수십 개가 박혀 있는 130년 전통의 "스와르스키" 짝퉁 반지를 자랑했다고 했다.

"미나야 너도 술 마실 줄 아니" 하고 물어보니까 엄마 심부름으로 금남시장 양조장에서 막걸리 받아 오면서 주전자 꼭지에 입을대고 "홀짝홀짝" 마시다가 자기도 술을 배웠다고 했다. 한잔 따라주니 마시고는 새로운 노래를 불러주겠다고 하면서 "못 견디게 괴로워도 울지~ 못하고 가는 님을 웃음~으로 보내는 마음 그 누가~ 알아주나 기맥힌 내~사~랑을 울어라 열~풍아 밤이~ 새도록~" 하는 이미자의 「울어라 열풍아」를 불렸다. 근데 가만히 생각하니 노래가사가 꼭 자기 신세타령 하는 것처럼 들렸다.

그리고는 막걸리를 연거푸 세 잔을 마시더니 내가 공주님하고 결혼하면 자기는 이제 어떻게 사냐고 하면서 울었다. 그래서 "공주는 결혼을 취미로 하는 애니까 너무 신경 쓰지 말고 저녁 먹고 약장수 구경이나 가자"고 하니까 금방 "호호호" 웃으면서 자기도 약장수 구경을 좋아한다고 하면서 같이 가자고 했다. 약장수 가설극장에는 입추의 여지없이 사람들로 꽉 차 있었다.

무림칠협뿐 아니라 소림, 화산, 무당, 곤륜, 태극, 개방, 아미파 등 무림각파의 맹주, 협객도 와 있었고 우리 누나를 짝사랑 하는 나의 "구라사부님" 맹복이 형 윗동네 정유히, 유자인, 장민희' 미녀 트로이카 삼인방 미나동생 짱구, 짱자, 짱숙이 그리고 대까치 누나, 민희까지 와 있었다. 그런데 공주님은 없었다. 지체 높고 존귀하신 공주님은 이런 저렴한 곳에 오실 리가 없다는 생각이 들었다.

8 × 8인치 '각구목'에 이마로 대못을 박고 이빨로 뽑는 차력쑈가 끝나고 드디어 오늘의 하이라이트 눈물을 "마구마구" 강요하는 최루탄 신파극 1막 2장 「불효자는 웁니다」가 시작되었다. 그 연극은 이런 내용이었다.

연극을 보면서 미나하고 같이 먹으려고 풀빵 5원 어치 10개를 사 가지고 왔더니 구경꾼에게 떠밀려서 미나가 어디론가 사라져 찾을 수가 없었다. 마침 민희를 만나 "꿩" 대신 "닭"이라고 둘이서 풀빵을 노나 먹는데…. 이상하게 누가 자꾸 뒷통수를 노려보는 것 같은 따가운 시선이 느껴져 뒤를 돌아다봤지만 아무도 없었다. 아무튼 연극은 시작되었다.

해설: 때는 일제시대 충청도 어느 산골 마을에 사는 칠복은 착한 아내와 늙은 어머니를 모시고 사는 유복한 집안의 마음씨 착한 삼대독자였다. 그런데 읍내 장날 우연히 만난 중학교 동창과 '니나노술집'에 한잔 하러 갔는데 그곳에서 서울 출신의 작부 "춘자"와 눈이 맞아 2차까지 가게 되었다. 춘자의 화려한 테크닉은 언제나 '차렷 자세'인 아내와는

비교가 되지 않았다. 춘자의 기똥차게 돌려 주는 화려한 테크닉에 맛이 간 칠복은 급기야 아내를 내쫓고 춘자가 안방 차지를 하게 되었다.

노모: 애 칠복아 안 된다. 조강지처를 버리면 천벌 받는다. 이놈아!

칠복: 어이구! 지겨워 이놈의 촌구석 어서 떠나야지.

춘자: 칠복 씨 저도 거름 냄새 나는 이 촌구석에서는 더 이상은 못살겠어요. 우리 서울로 떠나요.

해설: 그리하여 칠복은 노모와 조강지처를 버리고 조상 대대로 물려받은 문전옥답과 집을 팔아 서울로 떠나게 되었다. 서울에 도착한 칠복은 축음기 제조회사인 '미도리 전기' 주식에 투자해 떼돈을 벌었다. 그리하여 큰 기와집도 사고 신식 '딱구시'도 장만하는 등 잘나갔는데….
한편 고향집에 있는 노모는 아들이 땅과 집 등 전재산을 처분해 조강지처를 버리고 첩과 서울로 떠나자 그 충격에 두눈이 멀고 말았다. 다 쓰러져 가는 움막으로 이사한 고부

는 칠복의 처가 남의 논밭에 품팔이를 하거나 산나물이나 약초를 캐서 근근히 목구멍에 풀칠이나 하면서 살았는데 약초를 캐다가 그만 실족하는 바람에 허리를 다쳐 며칠째 일을 못 나가 식량이 다 떨어지고 말았다. 그래서 추수가 끝난 남의 감자밭을 뒤져 감자 몇 알을 구해서….

칠복의 처: 어머니 진지 드세요. 오늘은 보리쌀이 떨어져 감자를 몇 개 삶았어요.

노모: 오냐 에미야. 너도 같이 먹자.

칠복의 처: 어머니 저는 아까 부엌에서 먹었어요.

노모: 무슨 소리냐. 식량이 떨어져 너도 며칠째 밥을 굶은 줄 다 안다. 이리 와서 같이 먹자. 에미야! 이 못난 시어미를 원망해라. 이게 다 자식 교육을 잘못시킨 내 잘못이다.

칠복의 처: 어머니 흑흑!

노모: 아가! (고부가 끌어안고 흐느낀다.)

해설: 며칠 만에 자리에서 일어난 칠복의처 민소희는 무슨 결심이라도 한 듯 시집올 때 친정어머니가 해 준 하나 남은 금반지를 처분해 읍내에 하나뿐인 미장원에서 삼단같이 "치렁치렁"한 긴머리를 자르고 "빠글빠글"아주 사정없이 쎄게 파마를 하고 얼굴에 점 528개를 찍어 주근깨 아줌마로 완벽한 변신을 한 뒤 거울을 보고 이를 갈면서 이렇게 부르짖었다.

칠복의 처: 전부 부셔 버리겠어!!!!

해설: 칠복이는 투자한 '미도리전기' 주식이 연일 상한가를 치자 전량 매도해 일단 투자금을 챙겨 통장에 넣고 이익금으로 '미쓰비시석유' 주식을 매수했는데 이게 또 매일 상한가를 쳤다. 칠복은 운전기사 겸 통역비서로 일본인 '가또'를 고용하고 촌스러운 파마머리에 얼굴에 주근깨 528개가 박힌 아줌마를 가정부로 들였다.

칠복: 여보. 오늘 저녁은 뭘 먹을까?

춘자: 여보. 저녁하기도 귀찮은데 반도호텔 양식당 가서

'스데끼'나 썰어요. '산토리위스키'도 한잔하구요.

칠복: 그럽시다. 근데 이번 설에는 고향에 있는 어머니께 용돈 조금 보내 드립시다. 고기국이라도 끓여 드시게.

춘자: 아유 그건 안 돼요. 원래 보리밥에 된장국 먹던 사람이 갑자기 고기국에 쌀밥을 먹으면 설사를 해요. 그리고 시골에서 농사 짓던 사람이 편해지면 몸이 더 아픈 거예요.

칠복: 그런가? 역시 당신은 똑똑해. 허허허….

춘자: 여보. 그보다도 우리 "메리"가 요새 밥을 통 안 먹어 걱정이예요. 역시 족보 있는 강아지는 입맛도 까다로운 가 봐요. 내일은 쇠고기 등심을 사다 불고기를 해서 먹여야 겠어요.

칠복: 그건 당신이 알아서 하구려.

해설: 그런데 밖에서 이들의 대화를 우연히 엿들은 주근 깨 아줌마가 "이 죽일 **들" 하며 치를 떨었다. 다음 날 운

전수 '가또'가 먼지털이로 파리가 앉으면 낙상을 할 정도로 자동차를 '삐까번쩍'하게 광을 내다가 칠복이 나오자 90도로 절을 한다.

가또: 사장님 안녕히 주무셨쓰무니까. 오늘은 어디로 모실까요?

칠복: (거만한 표정으로) 음~ 가또군. 오늘은 '혼마치'에 있는 증권거래소에 들러다가 그다음엔 소공동 '식산은행' 그리고 낙원동에 있는 명월이네 집으로 가게.

가또: 하이! 도죠 어서 차에 오르시죠.

칠복: 나는 오늘 명월이네서 자고 갈 테니 자네는 집에 가서 적당히 둘러대고 일찍 퇴근하게. 자 백 원! (지금 돈 이백만 원) 이 돈으로 용돈이나 하게.

가또: 하이! 아리가또 고자이마쓰 대단히 감사하므니다. 그럼 재미 많이 보십시요.

해설: 칠복이가 명월이네 대문을 두드리자 대문이 열리면서 명월이가 눈웃음 치며….

명월이: 서방님 어서 오시와요. 방으로 들어오세요.

칠복: 명월아 너 주려고 다이아반지 사 왔다. 어떠냐. 예쁘지!

명월: 아이 이뻐! 하지만 머 누가 다이아반지 갖고 싶다고 했나. 그보다는 그년은 언제 내쫓을 거유.

칠복: 오다 가다 만난 사이에 이혼이고 뭐고 할 거 있냐. 내일이라도 당장 들어와 살아라 자! 자! 사람 애간장 그만 녹이고 이리 와라.

명월: (눈을 곱게 흘기며) 아이~ 미워 난 몰라~

해설: 한편 집에 도착한 가또가 삑!삑!삑! 하고 벨을 짧게 세 번 누르자 춘자가 문을 열고 나오면서….

춘자: 가또상 어서 와. 준비 다 됐어. 통장에 있는 돈도 다 찾아 오고 이 집 판 돈까지 전부 100만 원이 이 가방에 들어 있어요.

가또: 옥상 수고했수무니다. 저도 얼릉 짐 챙겨 가지고 오겠수무니다.

춘자: 아줌마, 이 가방 차에 싣고 차 좀 점검해요.

민소희: 네! 마님.

해설: 잠시 후 민소희가 자동차 본넷 뚜껑을 열고 무언가 점검하는데 가또와 춘자가 나오며….

춘자: 아줌마 그동안 수고했어요. 음식 잘하지, 바느질 잘하지, 집안에 물기 하나 없이 "뽀드득" 소리나게 깨끗이 치우지, 거기다 자동차 기술은 어디서 배웠수?

민소희: 저희 친정 아버지가 정비공장을 해서 어깨 너머로 배웠어요.

춘자: 아무튼 이제 이 집도 팔렸으니 아줌마도 집으로 돌아가요.

해설: 자동차가 출발하는데 민소희의 손에는 춘자의 돈가방과 똑같은 돈가방이 들려져 있었다. 싸늘한 냉소를 날리며….

민소희: 잘 가라. 이 악마들아. 하늘을 대신해서 너희들에게 천벌을 내린 것이다! 이 돈은 좋은 곳에 쓰겠다.

해설: 가또와 춘자가 탄 자동차가 진부령 고개를 내려간다.

춘자: 아이고 송충이는 솔잎을 먹어야지. 팔자에도 없는 요조숙녀 노릇 하느라고 힘들었네. 이제 이 돈이면 만주에 가서 가또상하고 큰 술집을 할 수 있겠네.

가또: 브레끼가 이상합니다? 말을 듣지 안 씁니다!!

해설: 브레이크가 고장 난 자동차가 내리막길을 전속력으로 질주하다 그대로 낭떠러지로 추락한다.

가또: 으악!!!

춘자: 안 돼 으악!!!

"꽈쾅광~~!"

해설: 다음 날 조간신문에 대문짝만 하게 이런 기사가 났다.

"어제 오후 진부령 내리막길에서 브레이크가 고장 난 자동차 절벽으로 추락 자동차에 탄 두 남녀 즉사"

해설: 다음 날 명월이네서 자고 일어난 칠복이 '혼마치'에 있는 증권거래소에 가 보니 매일 오르기만 하던 주식이 하한가를 치고 거래정지가 되어 있었다. 선전포고도 없이 진주만을 기습공격한 일본에 분노한 미국이 경제보복을 가했기 때문이었다. 수백만 원이나 되던 칠복이의 주식은 아무 가치도 없는 종이조각이 되고 말았다. 왠지 불길한 생각에 "부랴부랴" 집으로 돌아갔더니…. 처음 보는 사람이 이삿짐을 내리고 있었다.

칠복: 이봐요. 남의 집에 와서 지금 뭐하는 겁니까?

새주인: 당신이야말로 누구요?

칠복: 나는 이 집 주인이요.

새주인: 무슨 소리요. 내가 어제 이 집을 매수했는데 이 계약서 좀 보시요. 전주인의 인감도장도 찍혀 있고 확실한 계약서지요!

해설: 칠복이는 불과 하룻밤 만에 전재산이 날아간 충격에 그 자리에 쓰러졌다.

새주인: 이봐요. 정신 차려요. 어허! 이거 큰일났네. 빨리 병원! 병원으로 옮겨요.

해설: 한참 만에 깨어난 칠복이는 시계, 반지, 목걸이, 양복에 심지어 신고 있던 구두까지 전당포에 잡히고 50원을 빌려 다시 종잣돈을 마련할 생각에 뚝섬 경마장에 가 '맞떼기 경마'를 했지만 그 역시 눈 깜짝할 사이에 다 잃고 그야

말로 '알거지'가 되었다.

고향에 갈 여비라도 구어 볼 요량으로 낙원동 명월이네 집으로 가는데 때 아닌 겨울비가 퍼부어 물에 빠진 생쥐 꼴이 되었다.

해설: 칠복이가 명월이네 대문을 두드린다.

칠복: 명월이 내가 왔어. 자네 서방 칠복이가 왔어. 대문 좀 열어주게!

명월: (대문을 열다 말고 깜짝 놀라며 도로 닫는다.) 아이고 놀래라. 웬 거지가. 동네 시끄럽게 난리람. 저리 썩 꺼지지 못해.

칠복: 여보게 날세. 나야. 자네 서방 칠복이야.

해설: 대문이 다시 열리더니 명월이가 구정물통을 들고 나와 칠복이에게 뒤집어 씌운 뒤 전무후무 경천동지 지상최강의 가공할 옆차기로 칠복이의 턱을 강타한다.

명월: 요새 엠병인지 코로난지 때문에 장사가 안 돼 그렇치 않아도 성질이 나는데 별거지 같은 게 와서 지랄이네 애! 삼월아 재수 옴 붙었다. 왕소금 뿌려라.

삼월이: 네 언니~ (왕소금을 칠복이에게 뿌리며) 훠이~ 훠이~ 야! 이 거지야 저리 꺼져라.

해설: 칠복은 명월이하고 한바탕 대련을 했더니 갑자기 엄청난 허기가 몰려왔다. 생각해 보니 하루종일 아무것도 먹지 못했다. 엎어진 김에 쉬어 가고 떡 본 김에 제사 지낸다고 구정물을 뒤집어 쓴 김에 구걸하기로 하고 깡통을 들고 "한푼 줍쇼." 하고 구걸을 하는데 부하들을 데리고 순찰하던 김두한의 친구이자 종로의 거지왕초인 '개코'에게 걸렸다….

개코: 워매 저것이 머당가요? 어디서 굴러온 개뼈다귀가 나으 허락도 없이 영업을 하냐? '염천교'서 온 아그냐? 아님 '수구문'에서 온 아그냐?

부하들: 형님! 잘 모르겠는데요?

개코: 아따 그러고도 너희들이 나으 부하여. 야! 너 이리
와 봐!

칠복: 나 말이야? 왜그래 거지야?

개코: 뭐? 거지야! 나가 거지생활 한 지 20년이 넘었지만
이런 '싸우나'는 처음이여!

부하들: 형님~ 싸우나가 아니고 모욕입니다.

개코: 야! 야 나도 알아 아무튼 저놈한테 이 형님이 누군
지 교육 좀 시켜라.

부하들: 네 형님!

해설: 개코의 부하들이 칠복이를 마구 두들겨 패기 시작
한다.

칠복: 아이고 나 죽어! 거지선생님 제가 잘못했습니다.
용서해 주십시요.

개코: 야 아그들아 그만해라. 야! 이거지 쌔끼야! 거지는 아무나 하는 줄 알아? 이것도 입사시험을 봐서 정정당당히 합격해야 하는거여!

칠복: 제가 회장님을 몰라 뵀고 실례가 많았습니다.

개코: 좋아! 진즉에 그렇게 나왔어야지. 지금부터 내가 묻는 말에 솔직하게 대답해. 고향이 어디여?

칠복: 충청도요.

개코: 이름은?

칠복: 칠복이요.

개코: 너는 어쩌다가 이렇게 되뿌렸냐?

칠복: 주식해서 망하고 본전 찾으려고 '마떼기경마' 하다 이렇게 알거지가 됐습니다.

개코: 니가 정통 에리트 거지 코스를 제대로 밟았구먼. 그래 학교는 어디까지 나왔냐?

칠복: 네 일본 와세다 대학 철학과를 나왔습니다.

해설: 갑자기 거지들이 배꼽을 잡고 웃는다.

개코: 아이고! 배 아파 배꼽이 빠지는 줄 알았네. 야! 니가 일본 유학을 갔다 왔으면 나는 하버드 대학 박사여 이게 어디서 구라를 쳐! 아그들아 저 거지째끼가 아무래도 매가 부족한가 보다.

해설: 거지들이 칠복이를 더욱 세게 두들겨 패기 시작한다.

칠복: 아이고 선생님 살려 주십시요.

개코: 다시 한번 묻겠다. 최종학력이 어디여?

칠복: 사실은 유치원 중퇴했습니다.

개코: 그래! 바로 그기야 사람은 그렇게 솔직해야 하는 거여 야 너 밥은 먹었냐?

칠복: 오늘 하루종일 아무것도 못 먹었습니다.

개코: 야 찐따야! 찬밥 남은 것 있지?

찐따: 예 형님! 아까 조선옥에서 얻어온 것 있습니다.

개코: 야 그거 아예 깡통째 저 거지쌔끼한테 줘라.

해설: 칠복이가 "허겁지겁" 밥을 먹는다.

개코: 너는 다른 건 모르겠고 밥먹는 폼을 보니 딱 거지 팔자구먼 합격!

칠복: 어이구 형님! 감사합니다.

개코: 거지도 알고 보면 괜찮은 직업이여~ 밑천 안 들지. 짤릴 걱정없지. 안 씻어도 잔소리 하는 사람 없지. 야 찐따,

개고기, 너희 둘이 책임지고 쟤 교육 확실히 시켜라.

개고기, 찐따: 예 형님! 자! 내가 하는 대로 따라해 봐.작년에 왔던 각설이 죽지도 않고 또 왔네~

칠복: 작년에 왔던 각설이….

해설: 그렇게 해서 칠복이는 "개코 거지주식회사"의 정규직 사원으로 당당히 합격했다.

한편 다시 찾은 돈가방을 들고 고향으로 돌아온 민소희는 칠복이가 팔아먹은 집과 땅을 다시 사들였다. 그러나 '호사다마'라고 했던가. 얼마 가지 않아 칠복이의 노모는 돌아가셨다.

노모: 애 아가…. 내가 마지막으로 너에게 염치없는 부탁이지만 칠복이를 용서해다오.

민소희: 어머니!! 어머니가 이렇게 허무하게 가시면 저 혼자 어찌 살라고 흑!! 흑!!….

(민소희 서글프게 통곡을 한다.)

해설: 민소희는 시어머니의 장례식을 성대하게 거행했다. 매일 삼시세끼 더운밥을 지어 상식을 올리고 사십구제 때도 법문 높은 큰스님을 모셔와 거금을 들여 사십구제를 봉행하자 그녀를 칭찬하지 않는 사람이 없었다.

마을사람1: 참 대단하네! 요즘 세상에 누가 저버리고 간 서방의 시어머니를 저렇게 정성스럽게 모신단 말인가….

마을사람2: 누가 아니래. 옛날 같으면 나라에서 열녀문을 내리고도 남았네. 효부났나 효부났어!

해설: 민소희는 칠복이에게 당한 상처가 너무 커 남자라면 '지긋지긋'해 혼자 살리라 결심했지만 그녀에게도 새로운 남자가 생겼으니 같은 마을에 사는 '남궁원'과 '장민호'를 반반씩 섞은 듯한 훤칠한 키의 미남자 "이수일"이었다. 그는 언제나 묵묵히 민소희의 힘든 농사일을 도와주었다. 그날도 민소희를 도와 감자밭에 "김"을 매고 있었는데 민소희의 이마에서 구슬 같은 땀방울이 마치 밤하늘의 별똥별처럼 떨어

졌다. 이수일이 민소희의 땀방울을 수건으로 닦아 주며….

이수일: 그대가 원한다면 그대의 이마에 흐르는 별똥별을 영원히 닦아 주고 싶소!

민소희: 수일 씨!….

해설: 그렇게 해서 두사람은 결혼하여 행복하게 살고 있었는데 뒤늦게 노모의 부음을 듣게 된 칠복이는 거지들이 '갹출'한 부조금 3원을 여비로 고향으로 돌아와서 어머니 산소를 찾아 어머니 말씀을 거역하고 조강지처를 버리고 춘자와 서울로 떠난 걸 가슴을 치며 후회했지만 이미 때늦은 일이었다. 칠복이는 어머니 영전에 약주 한잔을 올리고 회한의 노래를 불렀다.

칠복: 불러 봐도~ 울어 봐도 못 오실 어머님을~ 원통해~ 불러 보고 땅을 치며 후회해도 다시 못올 어머니여~

해설: 그런데 칠복이의 노래 실력이 장난이 아니였다. '노래방'이 아니라 '노래장'이나 '스텐드빠'에서 오부리값으로

'오까네' 꽤나 날린 솜씨였다. 옛날집을 찾은 칠복이는 마당에서 빨래를 하는 민소희를 보고 반가운 마음에 집안으로 뛰어들어갔다.

칠복: 마누라 오래간만이야. 나 당신 남편 칠복이야.

민소희: 아이고! 깜짝이야. 이 거지쌔끼가 미쳤나. 누굴 보고 마누라래. 여보, 빨리 좀 나와 봐요.

이수일: (뛰어나오며) 여보! 왜 그래 무슨일이야. 아니 자네 칠복이 아닌가?

칠복: 아니 이게 뭔소리여? 남편이 이렇게 두 눈 시퍼렇게 뜨고 살아있는데 "여보"라니? 오호라~ 이제 알겠다. 내가 서울 간 사이에 너희둘이 눈이 맞아 내가 부쳐 준 생활비는 유흥비로 탕진하고 어머니를 굶어 죽게 했구나..

이수일: 아닐세. 그건 자네의 오해야….

칠복: 뭐 오해? 오해 좋아하네. 법적으로는 내가 엄연히

민소희 남편이여. 친구 마누라하고 놀아난 주제에 끝까지 오리발이네.

해설: 칠복이가 민소희를 마구 때리고도 분이 안 풀리는지 방안으로 뛰어들어가 살림살이를 때려 부순다.

칠복 아이고 아주 깨가 쏟아지는구나!

해설: 칠복이가 옷을 홀랑 벗고 방바닥에 드러눕는다.

이수일: 자네 왜 이러나 이러지 말고 우리 대화로 해결하세.

칠복: 대화? 대화 좋지! 그럼 지금 당장 그동안 내가 부쳐 준 생활비하고 정신적인 위자료 20만 원 가져와! 그럼 내가 깔끔하게 이혼서류에 도장까지 찍어 줄께!

해설: 칠복이가 옷을 홀랑 벗고 안방에 드러누워 며칠째 "날 잡아 잡수시요." 하고 꼼짝을 안 하자 민소희는 할 수 없이 급전을 빌리고 문간방을 '김중배'라는 사람에게 전세를 놓아 20만 원을 마련해 주자 칠복이는 그제서야 이혼서

류에 도장을 찍고 서울로 올라갔다. 그런데 김중배의 마누라는 얼굴에 점이 529개가 찍혀 있고 부부가 며칠씩 어디론가 사라졌다 돌아오곤 했다. 한편 서울로 올라온 칠복이는 저당잡힌 양복을 찾아 입고 인력거까지 대절해 명월이네 집 앞에 도착했는데 개코거지 주식회사의 개코회장, 찐따전무, 개고기상무 등 임원진뿐만 아니라 정규직사원까지 총출동해서 영업행위를 하다….

　개코: (깜짝 놀라며) 아니 이게 누구여? 칠복이 아니여. 이게 어떻게 된 일이여. 고향에 갔다오더니 로또라도 된거여?

　칠복: 여~ 개코회장 추운데 고생이 많네. 요새 사업은 잘되나?

　개코: 아이고~ 말도 말게. 요새 불경기라 오늘은 한 건도 못 해, 하루종일 밥도 못 먹었네.

　칠복: 아무튼 그동안 여러 가지로 고마웠네. 날씨도 추운데 청요리집에 가서 빼갈이나 한잔할까?

해설: 개코가 급 공손해지면서 90도로 절을 한다.

개코: 아이고 총재님! 저야 땡규죠~.

해설: 근처에 있는 중국집 영흥루에 거지들이 들이닥치자 짱깨집 주인 왕서방이 인상을 쓰면서….

왕서방: 요새 장사가 안 돼 죽겠는데 거지까지 몰려 오고 울리 사람이 기분이 나쁘다해.

칠복: (백 원짜리를 꺼내며) 어이~ 왕서방 이 돈으로 우선 짜장면 20그릇 탕수육 10인분하고 빼갈 20병만 내오게.

왕서방: 울리 살람이 돈이나 많이 주면 '띵호와'다. 거지도 '쎄쎄'다해. 여기 5번 테이블에 짜장 20그릇 탕수육 10인분. 빼갈 20도꾸리 콰이콰이 라이라이 가져와해.

해설: 음식이 나오자 거지들이 '허겁지겁' 정신없이 먹는다.

개코: 제가 거지생활 20년 만에 이렇게 맛있는 음식은 처

음 먹어봅니다요. 이 은혜 백골난망입니다요~ 총재님.

칠복: 머 이까짓 걸 가지고 어려울 때 서로 돕고 사는 게 인지사정이지 안 그런가? 개코 사장.

개코: 제가 도울 일이 있으면 언제든지 말씀만 하십시요. 총재님 말씀이라면 죽으라면 죽는 시늉까지 하겠습니다.

칠복: 그럼 나는 바빠서 먼저 가네. 천천히 들고가게.

거지들: (90도로 절을 한다.) 총재님 살펴 가십시요.

해설: 칠복이가 명월이네 대문을 두드린다.

칠복: 명월아! 서방님 오셨다. 어서 대문 열어라.

해설: 명월이가 구정물통을 들고 나온다.

명월: 아니 이거지 쌔끼가 구정물을 덜 먹었나 왜 소리를 지르고 난리야.

해설: 명월이가 칠복이의 차림새를 보더니 급 아양을 떤다.

명월: 아유~ 서방님~ 어디가셨다 이제야 오셨어용~ 어서 오시와용~

칠복: 오냐 오랜만이다. 요새 장사는 잘되냐?

명월: 아이고 말도 마세요. 이러다가 산 입에 거미줄 치겠어요.

칠복: 그래 목이 컬컬한데 우선 술이나 한잔 할까? 이 집에서 제일 비싼 게 뭐가 있냐?

명월: 500원짜리 '특특특 왕특 로얄 골드 스페샬 트리플 A코스'가 있사와요~

칠복: 그래 그럼 그 '특특특 왕특 로얄 골드 스페샬 트리플 A코스' 하고 술은 산토리 위스키로 하지.

명월: 애 삼월아. 빈집에 '소' 들어왔다. 특특특 왕특 로얄

골드 스페샬 트리플 A코스다.

해설: 음식이 나오자 칠복이가 한잔 들이킨다.

칠복: 어허 시원하다! 명월이 자네도 한잔하게. 어떤가 장사도 안되는데 아예 때려치우고 나하고 살림이나 차리세.

명월: 정말이요? 아이 좋아라~

해설: 그렇게 해서 둘은 동거를 시작했다. 그런데 칠복이는 제 버릇 개 못 주고 매일 경마장에 가 돈을 잃고 명월이도 사치를 일삼으니 몇 달 못 가 돈이 다 떨어졌다.

명월: (짜증을 내며) 여보 돈도 다 떨어졌는데 무슨 대책을 세워야지. 맨날 드러누워만 있으면 어떡해욧!

칠복: 나에게도 생각이 있으니 너무 걱정말게. 자 귀 좀 가까이…. (귓속말로 무언가 속삭인다.)

명월: (놀래며) 정말이요!!!

칠복: 어허 이 사람 속고만 살아왔나.

해설: 다음 날 집 앞에서 구걸을 하고 있는 개코를 칠복이

가 손짓으로 부른다.

칠복: 이번에 밥도 먹고 술도 먹고 용돈도 벌 수 있는 좋은 건수가 생겼는데 애들 데리고 나하고 며칠 어디 좀 다녀오세.

개코: 저야 뭐 무조건 OK죠….

해설: 며칠 뒤 칠복이와 명월이 개코의 거지떼들이 시골마을에 나타났다.

칠복: 임자 요앞부터 저기 산 밑에 미류나무 보이지 저기까지가 다 내 땅이여.

명월: 에이 피~ 그래 봐야 이까짓 촌동네 땅이 몇 푼이나 되겠어요.

칠복: 그건 자네가 하나만 알지 둘은 모르는 말이여. 독부건설과에 있는 내 친구한테 들은 "극비정보"인데 앞으로 여기에 "대전신도시"가 건설되고 대전역도 생긴다는구먼. 그

렇게만 되면 내 땅은 수십 배 아니 수백 배로 오를 것이여.

해설: 명월이가 칠복이에게 온몸을 밀착하고 '갈롱'을 떨면서 칠복이 뺨에 뽀뽀를 한다.

명월: 어머 역시 자기가 최고야! 우리도 이제는 재벌이 되겠네. 아이 좋아.

개코: 총재님 딸기가 참 맛있게 생겼사옵니다요. 따 먹어도 되겠읍니까요?

칠복: 응 그래. 자네들 마음대로 따먹게. 이 딸기밭도 내거나 마찬가지여.

해설: 거지들이 서로 먼저 먹겠다고 밀치고 싸우는 바람에 민소희가 피땀 흘려 농사지은 딸기밭이 엉망이 된다.

칠복: 그래 잘한다. 어짜피 싹 다 갈아 엎을거니까 아에 뭉게 버려.

해설: 명월이가 민소희네 대문을 두드린다.

명월: 저 계세요. 말씀 좀 묻겠습니다.

민소희: (대문을 열면서) 누구세요?

해설: 대문이 열리자 거지떼가 들이닥친다.

칠복이: 오래간만이여. 그동안 잘 있었지?

민소희: (깜짝 놀라며) 니가 무슨 일로…. 너하고는 볼 일이 없는데.

칠복: 그런데 말이여 아직 계산이 덜 된 것이 있어서…. 이 집하고 땅이 원래 우리 부모님 것이었으니 당연히 나한테 상속이 되야 하는데 어째서 너한테 상속이 된거여?

민소희: 야! 니가 팔아먹고 무슨 정신 나간 소리야.

칠복: 우리는 그딴 거 모르겠고 들리는 소문에 땅값도 많

이 올랐다는데 천만 원만 가져와.

민소희: 어디서 헛소문을 듣고 와서 생떼를 쓰네. 신도시
는 계획이 변경되서 이미 다른 곳에 건설 중이야. 그리고 니
가 뜯어간 20만 원 이자도 못 갚고 있는데 무슨 돈이 있냐.
이 나쁜놈아!

칠복: 이거 좋게 말로 할려고 했더니 안되겠네.

해설: 칠복이가 마당에 있는 개코를 부른다.

칠복: 어이 개코 작업 개시다. 이노무 집구석 아주 작살
을 내고 저기 있는 돼지하고 닭은 너희들이 잡아 먹어라.

해설: 거지떼가 집안에서 난리를 치는데…. 얼굴에 점이
529개가 찍힌 점백이 아줌마가 집으로 돌아온다.

점백이 아줌마: "등잔 밑이 어둡다더니 그토록 찾아 헤맨
원수를 여기서 만날 줄이야!

칠복: 아니 이건 또 뭐야?

해설: 점백이 아줌마가 얼굴에 찍힌 529개의 점을 깨끗이 지운다.

칠복: (소스라치게 놀라며 뒤로 자빠진다.) 아니 너…너…는 춘자 니가 어떡해 너는 분명히 죽었을 텐데!

점백이 아줌마: 뭐 죽었다고? 이제야 모든 의문점이 다 풀리는군. 나는 춘자가 아니고 춘자 언니의 쌍둥이 동생 '화자'다. 그동안 조사해 보니 언니의 자동차사고는 누군가 일부러 브레이크를 고장낸 거였는데 네 놈이 범인이었군!

칠복: 그래 내가 범인이다. 그래서 어쩔래 경찰에 신고라도 해 보시지. 그래 봐야 별수 없을걸! 어제도 내하고 총독부 곤도 경무국장하고 술도 묵고 밥도 묵고 마작도 하고 당구도 쳤단 말씀이야.

화자: 이 더러운 친일파! 썩어 빠진 왜놈 경찰과 붙어먹다니…. 너 같은 친일파는 내 손으로 직접 처단하마! 언니

의 복수를 위해 그동안 나는 내공.외공.기공.3대공법이 합쳐진 신라 때부터 화랑이 연마하던 1500년 전통의무술 '화랑도'를 계룡산에 들어가 '백운선사님' 밑에서 월회비 2원을 내고 수련해 어제 드디어 '빨간띠'를 땄다!

칠복: 뭐 '화랑도' 그런 무술도 있나? 그런 잡술이야 약장수들이 차력쑈 할 때 쓰는 눈속임이고 나야말로 유도 3단 일본 쇼도칸 가라데 3단의 정통 무도인이다. 여러 말 할 것 없고 자 어서 덤벼라!

해설: 그렇게 해서 청코너~~ 복수의화신 막강무비, 전무후무, 신출귀몰 화랑도의 '화자' 대 홍코너~~ 악랄무비, 치사빤스. 개망나니. '칠복'의 건곤일척 목숨을 건 최후의 일전이 시작되었다.

칠복의 공격은 마치 사내의 그것처럼 억세고 직선적이었지만 화자의 무공은 상대방의 힘을 역이용하는 둥글게 둥글게 돌아가는 원의 움직임같이 '음' 속에 양이 있고 '양' 속에 음이 있는 태극의 조화라…. 처음에는 칠복이가 유리한 듯했지만 초식을 거듭할수록 칠복이는 호흡이 가빠지고 체력이 바닥났다. 드디어 화자의 돌려차기가 칠복의 턱을 강타하자 칠복이는 썩은 짚단처럼 나가 떨어졌다.

칠복: (칼을 꺼낸다.) 안 되겠다. 이렇게 된 이상 너희 둘을 헤치우고 내가 이 집 재산을 차지하는 수밖에….

화자: 이런 비겁한 놈! 강호의 고수를 자처하는 네 놈이 칼을 뽑다니 도저히 용서할 수 없다. 내공. 외공. 기공 삼대 기공의 합체 화랑도의 비급 '발경'을 받아라!

해설: 화자가 천지가 진동하는 경천동지. 아연실색. 고막 파열. 성대결절의 가공할 기합과 함께 발경으로 '일장'을 날리자 칠복의 365개 뼈 마디마디는 부러지고 오장육부가 파열되어 '구혈'로 피를 토하며 죽어 갔다.

칠복: 으윽…. 분하다! 오늘은 정말 경마하기 좋은 날이다. 오늘은 확률상 "구구구" 터지는 날인데….

민소희: 이런 노름에 환장한 놈 죽으면서까지 경마타령이네. 자 이건 지금까지 너에게 당한 본전이고 이자까지 쳐서

돌려주마.

해설: 민소희가 칠복이를 마구 두들겨 패는데 눈치를 살피던 명월이가 도망치다 화자에게 머리채를 잡혔다.

화자: 이런 기생충 같은 기생년아! 우리 언니를 죽이고 남의 가정을 파괴해 놓고 어딜 도망가?

해설: 분노한 화자가 가위로 명월이의 머리카락을 쥐가 파먹은 것처럼 "싹뚝 싹둑" 자른다. 세 사람은 신고를 받고 긴급출동한 왜경에 연행되었지만 민소희와 화자는 정당방위로 석방되고 명월이는 살인공범으로 무기징역에 처해졌다. 집으로 돌아온 화자는 삭발을 하고 승복으로 갈아입은 뒤….

화자: 시주님 소승은 스승 백운선사님을 따라 수덕사로 들어가 남은 여생을 춘자언니의 극락왕생을 빌겠나이다.

민소희: 스님의 은혜에 보답할 시간도 없이 이렇게 갑자기 떠나시다니 부디 성불하소서….

드디어 연극이 끝나고 사회자 아저씨가 무대로 올라왔다.

"대단히 감사합니다. 곧이어 눈물 없이는 볼 수 없는 우리 악극단의 최고 히트작 「남과 북」이 계속 공연 되겠습니다. 그전에 영등포에 자리잡고 있는 삼천당제약의 신제품 하나 소개해 드리겠습니다.

금번에 보사부 허가 제88호를 획득한 '녹삼칠보환' 이 제품의 성분이 무엇이냐 하면 보혈으뜸 '녹용' 만약지장 '고려인삼' 그리고 시골에서 모내기를 하다 보면 개구리가 '폴짝폴짝' 뛰면서 뜯어먹는 풀이 있어요. 그게 바로 개구리 '와' 짜 와초. 또 옛날에 어떤 양치기 노인이 자기가 기르던 숫양이 암양 수십 마리와 교미를 하고도 지치지 않아 그 숫양이 무얼 먹나 하고 봤더니 '삼지구엽초 음양곽'을 뜯어먹고 그렇게 정력이 세다고 합니다. 그래서 그 노인이 그풀을 달여 먹었더니 나이 80이 넘어서도 아들 셋을 낳았다고 합니다. 그리고 곰쓸개 '웅담' 심장병에 즉효인 '사향'에 이번에 노벨의학상을 수상한 일본 동경의대 '나까무라' 박사가 개발한 특수성분을 첨가해 제조한 것이 바로 이 '녹삼칠보환'입니다.

그럼 이 '녹삼칠보환'은 어떨 때 먹냐. 고혈압, 당뇨, 손발이 차고 저린 신경통 자다가 '깜짝깜짝' 놀라며 식은땀 흘리는 '신경쇠약' 그리고 자유당 때 군대에서 악질상관한테 '빳다'를 허리에 잘못 맞아 흐린 날만 되면 쑤시고 아픈 '요통' 또 하초에 늘 땀이 차고 밤만 되면 마누라가 무서운 '양기부족' 그리고 사모님들이 잡수시면 '양귀비가 울고 갈 피부미인이 됩니다.

그럼 이 약이 얼마냐….

그전에 아까 입장하실 때 입구에서 나눠 드린 추첨권 갖고 계시지요. 오늘 공연이 끝난 후 추첨해서 1등 5만 원 상당의 금성선풍기 등 경품을 드릴 예정이오니 끝까지 연극을 관람하시고 꼭 경품을 받아 가시기 바랍니다.

그럼 삼천당 제약주식회사의 '녹삼칠보환'이 제품이 얼마냐! 여기 상자에 정가 1,000원이 찍혀 있지요. 하지만…. 오늘 하루 특별선전기간에 한해 무료, 공짜, 써비스로 돈 한 푼 안 받고 일인당 2병씩 드리겠습니다. 제가 무료 공짜 써비스로 일인당 2병씩 드린다고 하니까 어떤 어르신이 '여보 약장수 나야 공짜로 약을 준다니까 좋지만 당신은 땅 파먹고 사는 것도 아니고 도대체 무얼 먹고 산다 말이요' 하시는데 요새 신문 1면에 엽서만 한 광고 하나 내는 데 자그만치 300만 원입니다. 그리고 테레비에 30초짜리 광고하나

내는 데 기와집 2채 값인 무려 500만 원입니다.

그래서 삼천당 제약주식회사 사장님께서 차라리 광고할 돈으로 직접 소비자 여러분께 공짜 무료 써비스로 나누어 드리는 것입니다. 일단 잡숴 보시고 과연 효과가 있다고 생각되시면 주위의 여러분께 선전해 주시고 이상이 있으면 저에게 조용히 말씀해 주세요. 오늘은 준비한 물량이 부족해 선착순 한 분당 2병씩밖에 못 드리니 필요하신 분들은 그 자리에서 손만 들어주세요.

다만…. 여기 병뚜껑에 붙어 있는 '국세완납증명인지' 값 500원만 받겠습니다. 그렇다고 500원 다 받느냐 절반 250원은 뚝 짤라 돌아가시는 길에 돼지고기라도 한 근 사서 토끼같은 자식 여우 같은 마누라하고 김치찌개 맛있게 끓여 드시라고 250원만 받겠습니다. 그럼 250원은 다 받느냐 거기서 또 우수리 50원은 짤라 귀여운 손자, 손녀들 눈깔사탕 하나씩 사 가시라고 깎아드리고 단돈 200원만 받고 한 분당 2병씩만 모시겠습니다. 한 병에 200원씩 오늘은 준비한 물량이 부족한 관계로 한 분당 2병만 판매하오니 필요한 분은 그자리에서 손만 들어주십시요.

자! 손발이 차고 밤에 주무실 때 식은땀 흘리시는 분. 고혈압, 당뇨 하초가 늘 축축하고 밥맛이 없고 양기가 부족하신 분들 한약은 양약하고 달라 한두 번 먹는다고 반짝효과를 보는 게 아니라 꾸준히 장복을 하셔야 체질개선이 되고 효과를 보실 수 있습니다.

대단히 감사합니다.

이로써 삼천당 제약주식회사의 "녹삼칠보환" 판매를 마치고 계속해서 야속한 운명의 장난 눈물 없이는 볼 수 없는 「남과 북」이 계속해서 공연되겠습니다.

그런데…. 여보 약장수 나는 시부모님을 모시고 사느랴 고생하는 마누라한테도 한 병 사 주고 싶은데 남은 돈이 100원밖에 없는데 100원에 한 병 더 주시구려 하시는 분이 계셔서…. 2병을 구매하신 분에 한하여 백 원짜리 한 장에 한 병 더 드리겠습니다. 자! 세 병에 단돈 오백 원 우리 단원들이 돌 때 필요하신 분들은 손만 들어주세요."

나는 연극보다 약장수 아저씨의 현란한 말솜씨가 더 재미있었다. 민희는 자기가 살던 시골은 워낙 산골이라 약장수 구경은 처음인데 너무 재미있다고 하면서 내일도 같이 오자고 했다. 그런데 풀빵을 1개밖에 안먹었는데 다 없어진 게 아닌가! 민희한테 물어보니 저녁을 안 먹었더니 배가 고파 자기가 다 먹었다고 하면서 살살 웃으며 가공할 애교를 떨었다. 성질 같아서는 한 대 때려 주고 싶었지만 내일은 자기가 붕어빵을 산다고 해서 그냥 참기로 했다. 그런데 이번에는 내 뒤통수를 누군가 두 명이 쏘아보는 듯한 따가운 시선이 느껴져 뒤를 돌아다 봤지만 아무도 없었다. 아무튼 눈물없이는 볼 수 없는 연극「남과 북」은 시작되었다.

해설: 6.25 전쟁이 한창이던 1952년 가을밤 중부전선＊＊고지 두명의 병사가 보초를 서는데 귀뚜라미는 "찌르르 찌르르" 울고 저멀리서 "쿵쿵" 하는 포성이 들린다.

병사1: 야! 김 일병 담배 있으면 한 대만 도고.

병사2: 야 임마 안 된다. 니 먼저도 담배 피다 순찰 도는 소대장한테 걸려 혼나고 또 담배 핀다고 하나.

병사1: 게안타. 한 대만 도고. 내 몰래 필 거구마. (담배 연기를 길게 내뿜는다.) 휴~ 좋다! 야 박 일병 니는 전쟁 끝나고 고향에 돌아가면 모할끼가?

병사2: 내는 집에 가면 순희 그 가시나하고 결혼하고 대구 시내에서 조그만 구멍가게라도 하나 할끼다. 김 일병 니는 고향에 돌아가면 모 할끼가?

병사1 : 내는 부모님 모시고 농사나 지을란다.

해설 : 이때 검은 그림자가 초소로 접근한다.

병사1 : 누구냐! 정지! 정지! 손들어 꼼짝마라. 움직이면 쏜다! 백두산! 백두산!

검은 그림자 : (그 자리에 서서 손을 든다.) 쏘지 마시라요. 내래 인민군이요. 투항하러 왔수다레.

해설 : 박 일병이 인민군 가슴에 총구를 겨누고 몸수색을 하자 권총 한 자루와 실탄, 수류탄 2발. 그리고 여고생으로 보이는 사진 한 장이 나온다.

박 일병 : 이 사진은 모꼬?

인민군 : 내 약혼녀요. 지금 나이가 26살 정도 됐고 애도

하나 있을 거외다. 내래 그 여자를 찾아 남쪽으로 목숨을 걸고 넘어왔씨요.

해설: 중대장이 사단본부에서 걸려 온 전화를 받는다.

중대장: 필승! 네 그놈이 자그만치 소좌입니다. 그 자의 말로는 약혼녀를 찾아 귀순했다고 하는데 더 이상은 도대체 입을 열지 않습니다. 네 사단본부로 넘기라고요?

해설: 한편 여기는 사단본부.

사단장: 인민군 소좌라…. 어거 거물이 걸렸군. 이봐 차 대위 그자는 사단 작전참모인 자네가 심문하게 도대체 며칠째 밤낮없이 쏘아대는 이 대포소리의 정체가 궁금하단 말이야….

차 대위: 네! 사단장님 제가 그 자를 심문해 대포소리의 정체를 꼭 밝혀 내겠습니다.

해설: 차대 위의 책상 위에는 사내아이와 같이 찍은 젊은

여자의 사진이 있다…. 차 대위가 인민군 소좌에게 담배를 권한다.

차 대위: 식사는 하셨습니까? 자 한 대 피우시요. 여기 불.

인민군 소좌: 네 잘 먹었습니다. 고맙소. (담배를 맛있게 피운다.)

차 대위: 자…. 그럼 시작해 볼까요 성명, 소속, 계급은?

인민군 소좌: 이름은 강일구 소속은 인민군 제5사단 3연대 1대대장 계급은 소좌요.

차 대위: 귀순한 동기는 무엇입니까?

강 소좌: 내레 여자를 찾아 남쪽으로 내려 왔시요. (주머니에서 여자 사진을 꺼내며) 바로 이 여자요. 내 약혼녀 이름은 고은아 나이는 26살 아마 대여섯살 짜리 아이도 있을 게외다!

차 대위: (큰 충격을 받은 듯 비틀거린다.) 으으윽…!

강 소좌: 아니 왜그러시오? 괜찮습니까?

차 대위: 아무것도 아니요. 저 잠깐만….

해설: 취조실 밖으로 나온 차 대위는 담배를 한 대 피운뒤 사단장실로 향한다.

차 대위 필승! 사단장님 죄송하지만 더 이상 강 소좌 심문을 못하겠습니다.

사단장: 갑자기 그게 무슨 말인가 심문을 못하겠다니?

차 대위: 저…. 사실은 강 소좌가 찾는 여자가 바로 제 아내입니다.

사단장: 어떻게 그런 일이…. 알겠네. 일단 숙소로 돌아가 휴식을 취하고 대신 박 대위 자네가 심문을 하게.

박 대위: 네! 알겠습니다.

해설: 숙소로 돌아온 차 대위는 폭음을 하고 괴로움에 몸부림 치다가 그대로 잠이 든다. 박 대위가 취조실로 들어선다.

강 소좌: 차 대위는 어디가고 당신은 누구요?

박 대위: 차 대위는 사정이 있어 지금부터는 본관이 당신을 심문하게 됐소.

강 소좌: 내는 아무래도 좋소. 거져 은아만 만나게 해 주시라요.

박 대위: 그건 아니 되겠소.

강 소좌: 그럼 은아가 죽었는지 살았는지 그것만이라도 알려 주시라요. 혹시 살았으면 어드메 살고 있는지…. 내레 가슴이 답답해서 미칠 지경이야요.

박 대위: 그것도 대답해 줄 수 없소. 그보다도 내레 단도

직입적으로 묻갔써. 대체 저 포소리의 정체가 무어지비?

강 소좌: 모르오. 내레 은아를 만나기 전까지 한마디도 대답 못 하겠소.

박 대위: 뭐야! 이종간째끼 신사적으로 대해 주니까 아니 되겠구만. 거져 뜨거운 맛을 봐야 알간?

해설: 박 대위가 몽둥이로 강 소좌를 마구 구타하자 강 소좌의 머리에서 피가 "철철" 흐른다.

강 소좌: 더 때리시오! 더! 내레 가슴이 터질것 같이 답답했는데 이렇게 맞으니까 조금은 시원한 것 같소.

박 대위: 이거 아주 독종이구만.

해설: 박 대위가 갑자기 화를 내며 권총을 꺼내 실탄을 장전한 뒤 강 소좌의 이마에 겨눈다.

박 대위: 이 종간나째끼 빨리 불지 못 하갔어. 안 불면 확

쏴 버리갔써!

강 소좌: 어서 쏘시요. 내는 은아를 만나기 위해 지금까지 죽을 고비를 수없이 넘겼소. 은아를 못 만난다면 산들 무슨 의미가 있겠소. 그러니 제발 한 번만 이라도 은아를 만나게 해 주시요. 그럼 내레 속 시원히 다 털어 놓겠소 흑~ 흑~

해설: 강 소좌가 흐느껴 운다.

박 대위: 으… 이 지독한놈.

해설: 박 대위가 사단장실로 들어선다.

사단장: 그래 뭘 좀 알아냈나?

박 대위: 아주 독종입니다. 도대체 입을 열지 않습니다.

사단장: 그거 큰일이군. 아무래도 이 포소리가 심상치가 않단 말이야….

해설: 그때 사단장실 문이 열리더니 차 대위가 들어온다.

차 대위: 사단장님. 강 소좌는 제가 심문하겠습니다. 저에게 맡겨 주십시요.

사단장: 그렇지만 저자가 자네 부인을 만나게 해 달라고 저리 고집을 부리는데….

차 대위: 이게 피할 수 없는 저의 숙명이라면 째째하게 도망가지는 않겠습니다! 모든 것을 신의뜻에 따르겠습니다. 제 아내와 강 소좌를 만나게 해 주십시요. 제 아내는 지금 대전에 있는 처갓집에 있습니다.

사단장: 알겠네. 이봐 박 대위. 자네는 지금 즉시 사단비행장에 있는 비행기를 뛰워 대전으로 가서 차 대위 부인을 모셔오게!

해설: 차 대위가 취조실로 들어선다.

강 소좌: 차 대위! 포로를 이렇게 구타하는 법이 어디있

소. 이거이 엄연한 제네바 협정위반이요. 중립국 감시위원회에 고발하겠소.

차 대위: 고정하시요. 박 대위도 "욱" 하는 성질이 있어서 그렇지 나쁜 사람은 아닙니다. 고향이 평양인데 해방된 후 부모님이 악질 반동지주로 몰려 재산을 몰수당한 뒤 처형당하고 누이동생하고 둘이서만 간신히 남쪽으로 내려왔습니다.

강 소좌: 그런 사연이 있었구만…. 내래 괜히 오해했수다. 근데 누이동생은 반반하게 생겼습니까.

차 대위: "쭉쭉 빵빵"한 몸매에 서구적인 외모 미국 여배우 "마릴린 먼로" 뺨치게 잘생겼습니다.

해설: 강 소좌가 마른침을 "꿀꺽" 삼킨다.

강 소좌: 거 박 대위 동생 이래 나한테 소개시켜 줄 수 없습네까?

차 대위: 은아를 만나게 해 달라고 울고불고 난리칠 때는 언제고 왠 뜬금없는 소리요. 그리고 "미희"는 내가 먼저 "찜" 했소. 이러니까 사내는 다 도둑놈이라는 소리를 듣는거요.

이때 관객석에서 갑자기 "와아." 하는 웃음소리가 터졌다. 민희도 "울었다 웃었다'. 얼굴이 "눈물 콧물" 범벅이 되어 있었다. 내가 손수건으로 민희의 눈물을 닦어 주는데 검은 그림자가 엄청나게 강력한 눈빛으로 나를 노려보길래 누군가 하고 그쪽을 봤더니 순식간에 사라지고 없었다. 암튼 연극은 계속되었다.

해설: 강 소좌가 괜히 쪽팔린지 갑자기 눈물을 마구 흘린다.

강 소좌: 제발 은아를 만나게 해 주시요.

차 대위: 나 차지혁 사나이 대 사나이로 명예를 걸고 약속하리다. 당신이 찾는 여자를 꼭 만나게 해 주겠소. 그러니 당신도 속 시원히 털어 놓으시요.

강 소좌: 좋소! 내래 차 대위를 믿고 다 얘기하리다. 술

있으면 한 잔만 주시오. 내래 목이 타서 죽겠소.

해설: 강 소좌가 독한 위스키를 연거푸 세 컵이나 마신다.

강 소좌: 어허 시원하다. 이제야 갈증이 좀 가시네. 내하고 은아는 평북영변 작은 읍내에서 어릴 때부터 같이 자랐지요. 은아는 읍내 병원장의 딸 내는 그 집 머슴의 아들 하늘과 땅같이 높으신 분의 벽도 우리를 갈라 놓지는 못했씨유. 점점 커가면서 은아의 엄마가 노골적으로 우리들이 만나는 걸 싫어했지만 매일 만나도 또 보고 싶은 걸 어카겠씨유. 약산 진달래 피는 봄에는 진달래 피는 산에서 만났고 청천강에 홍수가 질때는 은아를 만나기 위해 강을 건너다 강에 빠져 죽을 뻔한 적도 있써씨유. 그런데 일본군대에는 죽어도 가기 싫었던 내는 깊은 산 속에 있는 숯가마에 숨어 있었는데…. 그날은 눈이 아주 많이 오는 날이 였시유. 한밤중에 은아가 내를 찾아왔씨유.

고은아: 일구 씨 일구 씨 저예요. 은아에요.

강일구: 아니 한밤중에 웬일이가?

고은아: 저…. 일구 씨의 어머니를 일본 경찰이 끌고갔
어요.

강일구: 뭐이 어드레 내레 걱정하던 일이 기여코 터져고
만…. 안 되가써 지금 당장 집으로 내려가야지….

고은아: 아니 이밤 중에 산을 내려가려구요. 오늘은 안
돼요. 눈이 많이 와서 길이 막혔어요. 오늘은 여기서 자고
내일 아침일찍 저하고 산을 내려가요.

해설: 고은아가 옷을 벗는다.

강일구: 아니 지금 뭐하는기야?

고은아: 일구 씨가 일본군대에 끌려가면 이제 다시는 못
볼 텐데 오늘밤 저의 모든 것을 일구 씨에게 드리겠어요.

강일구: 은아…!

해설: 두 사람이 포옹한다.

강일구: 그런데 산을 내려가고 얼마 안 돼 해방이 되고 악질부르조아 반동으로 몰린 은아네 가족은 재산을 처분해 이남으로 내려가면서 은아하고 내는 남쪽에서 다시 만날 약속을 하고 헤어졌는데 그때 은아는 내 애를 임신하고 있었씨유.

차 대위: 그때 당신이 은아와 헤어지고 벌써 5~6년이나 지났는데 그동안 뭐하다가 이제야 귀순한거요?

강일구: 내레 그동안 은아를 만나기 위해 죽을 고비도 몇 번이나 넘겼씨요. 또 남쪽으로 넘어올려다 붙잡혀 징계도 여러 번 먹었지요. 어제도 후방으로 전출명령을 받고 이동 중 남쪽으로 넘어 온 거지요. 이렇게 다 털어 놓으니 속이 다 시원합네다.

차 대위: 그런 사연이 있었구려⋯. 그런데 도대체 저 대포소리는 무엇입니까?

강 소좌: 저 대포소리는 일종의 "기만전술"이디요. 사실은 총공격에 대한 정보가 있디요.

차 대위: 무엇이! 그 말이 사실이요? 어서 그 총공격의 정보를 말하시오.

강 소좌: 그전에 은아를 내 앞에 데려다 놓기 전에는 절대 말할 수 없시요.

차 대위: 제발 나를 믿고 말하시오. 내 다시 한번 약속하리다. 내일 아침에는 당신과 은아가 꼭 만나게 해 주겠소!

강 소좌: 좋소! 그럼 내레 차 대위를 믿고 말하겠소. 지도 있습네까?

차 대위: (지도를 펼치며) 자! 여기 있소.

강 소좌: 빨간 색연필 좀 주시구레. 앞으로 이틀 뒤인 10월 27일 22시 00분을 기해 중국군 3개사단 32,000명 인민군 2개사단 24,000명이 여기 14에 16-1지점에 총 집결해 16개 포대가 2시간 동안 포격을 가한 뒤 전방 3Km 지점에 있는 1150고지를 총공격 할 계획이요.

차 대위: 또 다른 정보는 없소?

강 소좌: 이번 총공격에 대비해 2개월 전부터 20에 12-61 지점에서 훈련을 해 왔소.

차 대위: 고맙소. 정말 중요한 정보요. 당신 덕분에 수만 명의 젊은 목숨을 구하게 됐소. 내일 아침 10시에 면회실로 은아가 온다는 연락이 방금 왔소. 오늘은 늦었으니 이만 주무시고 내일 만나도록 하시요.

해설: 한편 고은아의 집에 도착한 박 대위가 대문을 두드린다.

박 대위: 계십니까. 안에 아무도 없습니까?

고은아: 누구세요 밖에 누가 오셨어요? 어머! 박 대위님 연락도 없이 갑자기 웬일이세요. 혹시 그이에게 무슨 일이라도…?

박 대위: 하하하 일이라…. 일이 있지요…. 하지만 아주

좋은일입니다. 이번에 차 대위가 소령으로 진급하게 됐는데 사단장님께서 진급대상자 들을 위해 진급 축하파티를 해 주신다고 해서 이렇게 부인을 모시러 왔습니다.

고은아: 아이 이를 어쩌나··· 파티에 참석하려면 미장원에 가서 머리도 볶아야 되고 화장도 해야 하는데 제꼴이 웃습죠···

박 대위: 아닙니다. 부인은 이대로도 아름다우십니다.

고은아: 저 그럼 잠깐만요. 옷이나 갈아입고요.

해설: 옷을 갈아입은 고은아가 아이 하나는 업고 하나는 손을 잡고 나왔다.

박 대위: (업은 아기를 어르며) 이 애가 이번에 백일잔치를 한 아이군요. 그놈 참 똘똘하게 생긴 게 차 대위를 빼박았군요. 그런데 큰아이는 엄마도 아빠도 안 닮았으니 누굴 닮았는지 모르겠습니다.

해설: 그 순간 고은아의 얼굴에 검은 그림자가 스쳐 지나

간다.

차 대위: (눈치를 살피며) 제가 괜히 쓸데없는 이야기를 했군요.

고은아: 아니예요. 괜찮아요. 어서 출발해요.

해설: 대전비행장에 도착했는데 비행기가 빵꾸나는 바람에 직승기(헬기)로 갈아타고 사단비행장에 도착하니 차 대위가 마중 나와 있었다.

고은아: 여보 축하해요. 이번에 소령으로 진급하신걸.

차 대위: 여보 어서와요. 저 사실은…. 놀라지 마시오! 당신을 여기까지 오라고 한 건 이번에 북에서 사람이 내려왔는데 그사람은 당신이 꼭 만나야 할 사람이기 때문이요.

고은아: 호호호 도대체 누굴까? 궁금하네요. 나를 만나러 북에서 내려왔다니….

차 대위: 그 사람은 지금 면회실에서 당신을 기다리고 있소.

해설: 고은아가 면회실로 들어선다.

고은아: 누가 나를 만나려 왔을까? 혹시 선생님이세요?

음악: 짜잔~ 짜잔~ 짜짜짜잔~

강일구: 은아! 내다 일구 강일구야 은아! 살아 있었구나! 살아 있었어…. 하늘이 무심치 않았구나 너를 이렇게 만나게 될 줄이야. 하느님 감사합니다.

고은아: 어머 일구 씨 흑!~ 흑!~ 흑 흑흑….

강일구: 너랑 헤어지구 이때까지 너만을 생각하며 살아왔다 그래 아버님 어머님은 안녕하시냐?

고은아: 흑~흑~흑… 네 안녕하세요. 어머님은 안녕하세요?

강일구: 안녕하시지. 그렇지만 너를 만나기 위해 어머니를 북에 내버려들고 나 혼자 이렇게 내려왔지. 하지만 어머니도 이해하실거야. 너를 이렇게 만났으니…. 아이는 우리 아이는 살아 있냐?

고은아: 흑~흑~흑…. 이 아이예요.

강일구: 그래 고놈 참 내를 빼 닮았구만! 역시 피는 못속이는 거이지. 거럼 못 속이구 말구 그래 이름은 메라구 지었니?

고은아: 정훈이 "강정훈"이라고 지었어요.

강일구: 그래 그런데 등에 업은 아이는 누구레. 아이지비?

고은아: 흑~ 흑~ 일구 씨 용서하세요. 저…. 사실은 결혼했어요.

강일구: 메라구 너 지금 메라 그래니. 농담이지? 나를 놀리려고 농담하는 거이지?

고은아: 흑 흑 일구 씨 용서하세요.

강일구: 너를 만나기 위해 죽을 고비를 수없이 넘기며 여기까지 왔는데 니가 어떻게 나를 배신할 수 있단 말이가…. 이게 어케 된 일인지 말 좀 해 보라우!

고은아: 그때 일구 씨 하고 헤어져 남쪽으로 내려오다가 그만 가족들을 잃어버려 졸지에 고아가 되었지요. 일가친척도 아는 사람도 하나 없는 남쪽에서 고생이라고는 모르고 곱게 자란 저에게 세상은 너무나 냉정했어요. 그러나 정훈이 때문이라도 이를 악물고 악착같이 살아야 했어요. 어린 정훈이하고 먹고살기 위해 날품팔이, 삯빨래에 시장바닥에서 장사도 하고 길거리에서 '한데잠'을 자야 했어요. 어떤 날은 정훈이 분유값이 떨어져 구걸까지 해야 했어요. 흑~ 흑~ 그렇게 고생하며 겨우 삭월세방을 장만해 자리를 잡나 싶었는데…. 육이오 전쟁이 터지자 부산으로 피난 내려와 국제시장에서 노점상을 하다가 우연히 만나 아버지 친구분의 도움으로 국군통합병원에 간호원으로 취직할 수 있었어요…. 그곳에서 부상으로 입원한 국군장교를 만났어요. 그분이 몇 달 동안 입원해 있는 동안 제가 보살펴 드렸는데 그

분은 저를 사랑한다고 하면서 결혼하자고 했어요. 저는 아이도 있고 약혼자가 있어 안 된다고 하니 그 장교는 하루에도 수천 명씩 죽어 나가는 전쟁통에 북에 있는 약혼자를 기약없이 언제까지 기다리며 어린 정훈이도 자기가 키워 준다고 하셨어요. 사실 저는 그때 사는데 너무 지쳐 있었어요. 그리고 그분의 도움으로 헤어져던 가족들과 다시 만났는데 옛날 북에 있을 때 부터 일구 씨를 탐탁치 않게 여기던 부모님은 그분과 결혼하라고 채근하셨지요. 게다가 그분의 아이까지 임신하는 바람에⋯. 일구 씨 저를 죽여 주세요. 저는 죄 많은 년이예요. 흑~ 흑~

강일구: 너 하나만 보고 조국과 인민을 배신하고 여기까지 왔는데⋯. 이제는 고향으로 돌아갈 수도 없고 나는 이제 어쩌란 말이가⋯. 도대체 나에게서 너를 뺏어간 놈은 누구지비?

고은아: 밖에 와 있어요. 소개해 드릴께요. 정식이 아빠 들어오세요.

해설: 차 대위가 면회실로 들어온다.

강일구: (깜짝 놀라며) 아니 당신은···. 우 하 하하하! 야 이거이 모이가 오냐 이제 알겠다. 그렇게 된 거구만. 처음부터 너희들이 전부 짜고 정보를 빼내려고 내를 돌려먹은 거구만.

차 대위: 강 소좌! 그건 오해요. 어떻게 당신이 이쪽으로 귀순할 줄 알고 이 모든 것을 꾸민다 말이요. 다만 이 비극은 가차없이 돌아가는 역사의 수레바퀴에 짓밟히는 약소민족의 비애일 뿐이요.

강일구: 뭐이 어드레 약소민족의 비애? 야! 거 말솜씨 한번 개가 핥은 죽사발처럼 번지르르 하구나! 다 필요없고 옛말에도 '결자해지'라고 했으니 고은아 니가 저지른 일이니 니가 해결하라우. 차 대위와 나 둘 중에 하나를 선택하라우.

고은아: 일구 씨 그건 너무 잔인한 말씀이세요. 이 가냘픈 여자가 어쩌란 말씀이세요. 흑~흑흑~

해설: 아~ 이 얼마나 가혹한 장난의 운명 아니 운명의 장난이란 말인가~~ 세 사람은 풀 수 없는 인생의 숙제에 밤

새 괴로움의 몸부림을 쳤지만 뾰족한 해결책은 나오지 않았다. 그렇게 세 남녀는 가혹한 운명의 쇠사슬에 묶인 채 하얗게 밤을 세웠다. 그런데…. 날이 밝아오자 면회실에 박 대위의 누이동생 미란이가 오빠를 만나러 들어오다 차 대위를 보더니 달려가 포옹한다. 고은아가 고전적인 한국형 미인이라면 미란은 늘씬한 몸매에 섹시한 외모의 서구적인 미인이었다.

미란: 어머~ 차 대위님 제가 올 줄 어떻게 아셨어요. 역시 우리는 뭔가 통한다니까요~~~

차 대위: (눈을 꿈뻑거리며) 어허 누구신데 처음 보는 사람한테 왜 이러십니까?

미란: 어머! 차 대위님 농담도 잘하셔~ 저예요 미란이. 설마 저를 모르는 척하시는 건 아니시겠지요?

해설: 사실 차 대위는 인물값 한다고 이름 난 바람둥이였다. 박 대위 동생 '미란이' 말고도 부대 앞 니나노집의 작부 '지미' 또 다방레지 '효실이', '여대생 정임이' 등등 여기저기

애인이 한둘이 아니였다. 그리고 사실 강일구도 이북에 있을 때 자기의 직속상관인 연대장 부인하고 바람을 피다 걸려 남쪽으로 도망쳐 온 것이었다. 아무튼 각설하고….

강일구: 야~ 이게 누기야? 에미나이 낮짝이래 반반하고 몸매도 얌전한 거이 쓸 만하구만. 박 대위 누이동생이라고? 성질 고약한 오빠하고는 영 딴판이구만…. 차 대위 이렇게 하지 나래 은아를 차형한테 양보할테니 미란이를 나한테 넘기라우.

차 대위: 강 소좌 아니 형님 차라리 동생이 고은아를 포기할 테니 두 분이서 행복하게 새출발 하십시요.

해설: 이때 차 대위와 강 소좌가 "형님먼저 아우먼저" 하면서 놀고 있는 모습을 보던 고은아가 폭팔하고 만다.

고은아: 야! 이종간나 쌔끼들 지금 뭐하는기야 내래 가만히 있으니 가마떼기로 보이니!

해설: 고은아가 경천동지. 전무후무. 고막파열. 성대결

절의 가공할 기합과 함께 일장을 날리자 강 소좌와 차 대위는 구혈로 피를 흘리며 쓰러진다. 사실 고은아는 연약해 보이지만 전쟁터에서 산전수전 다 겪은 강인한 여인이었다. 그리고 인천 차이나타운에 있는 소림반점 주방장 "쉬샤우동"에게 소림장권을 배운 쿵후의 고수였다.

고은아: 야 니 자식들은 니들이 키우라우!

해설: 고은아가 큰아들 정훈이는 강 소좌에게 작은아들 정식이는 차 대위에게 안긴다.

고은아: 내래 팔자가 사나와 일부종사 하기는 일찍감치 틀렸고 팔자 한번 더 고치면 되는 것 아니가!

차 대위: 미란이 나 방금 이혼당했어. 우리 이제 정식으로 결혼식을 올리고 잘 살아 보자구~~

미란: 어머! 기가 막혀 차 대위님 유부남이였어요? 거기다 애까지 딸린…. 진짜 별꼴이야!

해설: 미란이가 화가 나서 차 대위의 귀싸대기를 때리자 차 대위가 쌍코피를 흘리며 나가 떨어진다.

강 소좌: 미란이 동무 그럼 내하고 한번 사귀어 보자요.

미란: 어휴! 진짜 열받는데 매를 버네 매를 벌어.

해설: 미란이의 돌려차기가 강 소좌의 턱을 강타하자 강 소좌가 썩은 짚단처럼 나가 떨어진다.

드디어 눈물과 웃음 없이는 볼 수 없는 연극 「남과 북」의 막이 내리고 사회자 아저씨가 무대로 올라왔다.

"에~~ 이것으로 오늘 공연은 마치고 드디어 오늘의 하이라이트 1등 5만 원짜리 금성선풍기 2등 2만 원 상당의 석유곤로 3등 라면 한 박스 등…. 경품추첨을 하기 전에 잠시 안내의 말씀 드리겠습니다. 내일은 저희 럭키 악극단이 심혈을 기울인 최신작 「문희낭자와 황금108관」을 공연할 예정이오니 이웃집 아주머니 아저씨, 친구, 친척분들 모시고 오시면 대단히 감사하겠습니다.

그럼 경품추첨을 시작하겠습니다~ 그 전에 새로 나온 제

품 하나 간단하게 설명드리겠습니다. 자~ 이 약은 세계적
으로 저명한 일본동경의대 미와무라 박사가 발명한….”

하면서 또 약선전을 했다.

“야. 민희야. 이제 그만 가자.”

나는 민희한테 내일 또 구경오자고 했더니 민희는 자기가
살던 시골은 너무 산골이라 약장수는 처음 봤는데 너무 재미
있다고 내일도 같이 오자고 했다. 그리고 내일은 자기가 호
떡 10원어치를 산다고 했다. 민희하고 내가 막 돌아서는데
누군가 갑자기 민희 머리채를 낚아챘다. “요 여우 같은 년
어딜 도망가!” 적에 적은 동지요, 첩이 첩꼴을 못 본다고 하
더니 질투심에 불타는 미나가 공주님을 데리고 온 것이었다.

공주님하고 미나가 민희의 머리끄댕이를 잡고 흔드는 바
람에 민희의 머리카락이 한뭉탱이 빠져나갔다. 나는 갑자기
민희가 불쌍한 생각이 들어 “이건 너희들이 뭘 잘못 안 거
야. 그냥 민희하고 우연히 만나 같이 구경한 것뿐이야. 우
리들은 너희들이 생각하는 그런 사이가 아니야.” 했더니 공
주님은 더욱 화를 내며 “뭐? 우리~ 야! 너희들 언제부터 이
런 사이였냐. 내가 아까부터 봤는데 아주 히히덕거리면서
깨가 쏟아지던데 오해라고 이 거짓말장이야…!” 하더니 공

주님이 내 얼굴을 손톱으로 할퀴는 바람에 내 얼굴에서는 피가 났다.

그러더니 "야 너는 가만히 있어. 이년 혼 좀 내고 너도 손볼 테니 각오하고 있어." 하는 게 아닌가! 그런데 미나가 "내가 민희네 야채가게 점방에서 둘이 껴안고 자는 것도 봤어." 하면서 불난 집에 부채질을 했다. 그때 민희네 점방에서 민희랑 같이 잔 건 편지숙제를 하다가 나도 모르게 잠든 건데…. 그걸 고자질 하다니 나는 미나가 너무 미웠다.

그런데 약장수 구경을 하던 사람 들이 갑자기 "하하하"웃으면서 "세상 참 말세네. 말세야 머리에 피도 안 마른 것들이 벌써부터 연애질이니 쯔쯔쯔…." 하고 혀를 찼다. 나는 너무 창피해서 얼굴을 들 수가 없었다. 공주님과 미나가 민희의 머리채를 잡고 흔들면서 "야 감히 이게 어디서 꼬리를 쳐." 하는데…. 이때 전무후무, 경천동지, 지축이동, 천지개벽할 일이 벌어졌다.

민희가 공주님과 미나의 손목을 잡고 가볍게 비틀자 공주님과 미나는 마치 온몸이 마비된 듯 그자리에서 꼼짝도 못하는 게 아닌가! "으잉! 이것은…." 무림의 절대비급 아미파의 경혈지공이 분명했다. 그런데 그 순간 민희가 이렇게 일갈했다. "야! 이렇게 콧물이나 '질질' 흘리는 놈을 누가 좋아하냐 그냥 오늘 우연히 만나 연극구경을 한 것뿐이야! 이런 거지 같은 놈은 필요없으니 너희들 마음대로 해!" 그리고는 바람과 함께 사라졌다.

졸지에 한방먹은 공주님과 미나는 엉뚱하게 나에게 분풀이를 했다. 내 귀싸대기를 "찰싹찰싹" 갈기더니 그래도 분이 안 풀리는지 아구통에 '죽빵' 날렸다. 나는 너무 억울했지만 공주님과 미나의 기세에 눌려 아무 말도 못했다. 내가 그동안 다른 여자애들하고 논 것은 순전히 우연의 일치일 뿐 내가 원한 것도 아닌데 나를 이렇게 무지막지하게 폭행하는 것은 오로지 공주님이 싸 오는 도시락을 얻어먹기 때문이라는 생각이 들어 자존심이 상했다. 그래서 내일부터는 아무리 배가 고파도 절대로 안 먹겠다고 굳은 결심을 했다.

나의 순수한 우정을 남녀관계로 오해하는 것이 억울했지만 일단은 이 위기상황을 벗어나기 위해 내일부터는 다른 여자애들하고는 일절 안 놀고 매일같이 공주님 집에 가서 착실히 일수를 찍기로가 아니고 숙제를 하기로 했다. 그렇지만 나는 어쩐지 "아더메치" 한 생각이 들어 내일부터는 아무리 배가 고파도 공주님이 싸 온 도시락을 절대로 안 먹겠다고 굳은 결심을 했다.

다음 날 점심시간에 나의 창자에서는 "꼬로록" 소리가 났지만 고개를 돌리고 공주님 쪽은 쳐다보지도 않았는데 공주님이 "야 일환아 어제는 내가 미안했어. 사과의 뜻으로 오늘은 '특제도시락'을 싸 왔으니 한 입만 먹어봐." 하는 게 아닌가. "병 주고 약 주는 것도 아니고 사람을 가지고 놀리네. 야! 안 먹어." 했더니 공주님은 자기 멋대로 도시락 뚜껑을 열었다. 그러더니 "이 밥은 우리 아빠가 외국 출장갔다 오시면서 사 온 '고시히카리' 쌀로 지은 밥이야." 했다. 그 밥은 한 알 한 알이 구슬같이 투명하고 기름기가 '잘잘' 흘렸다. 그리고 "오늘 반찬은 불고기야." 하는 게 아닌가!

그렇다면 이것은!···. 말로만 듣던 전설의 '불고기백반' 줄여서 '불백' 불고기의 황홀한 향기가 나의 후각을 마구마구 자극 했다. 그러자 내 배 속에서는 음식 냄새를 맡은 '회'가 '동'했다. (회충이 난리를 쳤다.)

사나이의 지조를 어찌 '불백' 따위에 꺾일 수가 있단 말인가!!' 하는 생각이 들어 "야. 나는 안 먹어. 너나 많이 먹어." 했더니 공주님은 기름기가 '잘잘' 흐르는 하얀 쌀밥에 불고기를 올려 "일환아 그러지말고 싸 온 사람 성의를 생각해서 한 입만 먹어 봐." 하면서 싫다고 하는데도 강제로 내 입에 집어넣었다.

그 순간 내 배 속에 살고 있는 거지 아니 '거지왕 김춘

삼' 형님이 번개같이 튀어나와 순식간에 낚어 채갔다. 그다음 순간 정신이 잠깐 아찔했다가 깨어 났는데 아니! 이럴수가…. 공주님의 도시락은 마치 깨끗이 설거지 한 것처럼 눈이 부시도록 "삐까번쩍"하게 광이 났다. 배가 부르니 마음이 너그러워져 공주님한테 섭섭했던 감정은 다 사라지고 내일부터는 진짜 공주님 집에 가서 숙제를 열심히 해야겠다는 생각이 들었다.

그다음 날 체육시간에 피구를 하는데 무림의 고수인 공주님답지 않게 평범한 볼도 피하지 못하고 자꾸 아웃 되더니 망극하게도 공주님은 정신을 잃고 운동장에 쓰러졌다. 구급차까지 출동해 병원으로 후송했는데 그날 학교가 파할 때까지 공주님은 돌아오지 않았다. 다음 날은 다행히 공주님이 학교에 나왔지만 왠지 힘이 없어 보였다.

그 후로 공주님은 결석하는 날이 많아졌다. 나는 어쩐지 공주님과 영~ 영 이별할 것 같은 불길한 예감이 들었다. 곰곰이 생각해 보니 나는 그동안 공주님에게 받기만 했지 해준 것이 아무것도 없었다. 너무 미안한 마음에 공주님에게 작은 선물이라도 하고 싶었지만 그러나 나에게는 선물을 살 만한 큰돈이 없었다.

그래서 그동안 모아두었던 '신주'를 내다팔아 마련한 50

원으로 엄희자, 한수산의 만화책을 빌리고 스케치북을 사서 밤늦도록 먹지를 대고 복사한 앙드레김 패션쑈에 나오는 것처럼 왕자가 무릎을 꿇고 공주님에게 반지를 끼워 주는 약혼식 그림, 결혼식 하는 그림, 마차를 타고 신혼여행을 가는 그림, 왕자와 공주님이 첫날밤에 껴안고 침대에서 사랑을 속삭이는 그림에 말풍선에는 "오! 공주님 사랑해요." "왕자님 저도 사랑해요." "키스해 주세요. 앞이빨이 쏙 빠지도록." "껴안아 주세요. 갈비대가 으스러지도록." "아! 왕자님 너무 뜨거워요~" 같은 공주님이 좋아하는 야한 대사를 잔뜩 써 넣은 스케치북을 들고 다음 날 학교로 등교했는데… 청천벽력 같은 소식을 들었다.

선생님 말씀이 공주님의 병은 우리나라의 의료기술로는 치료가 힘든 병이라서 마침 미국본사로 발령난 아빠를 따라 미국으로 떠났다는 것이었다. 나는 갑자기 머리를 커다란 망치로 한 대 맞은 것처럼 강한 충격을 받았다. 도저히 공부를 할 수 없어서 학교를 조퇴하고 공주님의 집으로 달려갔다. 대문을 두드리니 왕비님이 슬픈 표정으로 나오시면서 갑자기 인사도 못하고 떠나게되 미안하다는 공주님의 말씀을 전해 주셨다. 그러면서 왕비님도 집이 팔리는 대로 미국으로 떠날 거라고 하셨다.

나는 미국에 들어가시면 공주님께 전해 달라고 스케치북을 주었다. 집에 돌아온 나는 마치 심한 열병에 걸린 것처럼 며칠 동안 식음을 전폐하고가 아니고 다만 수분보충을 위해 역전다방의 마담이 따라주는 '도라지 위스키'가 아닌 2원짜리 삼각형 모양의 비닐봉지에 들어 있는 노란색 단물만 먹으며 앓아 누었다. 며칠 만에 자리에서 일어난 나는 해병산에 올라갔다. 공주님과 키스 할 뻔한 바위에 올라가 "공주님 사랑했어요!!" 하고 외쳤다.

불과 11살의 나이에 실연의 달콤함을 맛보다니 그때의 나는 지금 생각해도 발랑 까진 아이였다.

그렇게 나의 첫사랑과 함께 철부지 시절도 끝이 났다.

추억은 방울방울

ⓒ 우일환, 2022

초판 1쇄 발행 2022년 12월 9일

지은이   우일환
펴낸이   이기봉
편집   좋은땅 편집팀
펴낸곳   도서출판 좋은땅
주소   서울특별시 마포구 양화로12길 26 지월드빌딩 (서교동 395-7)
전화   02)374-8616~7
팩스   02)374-8614
이메일   gworldbook@naver.com
홈페이지   www.g-world.co.kr

ISBN   979-11-388-1471-3 (03810)